D1675171

Agatha Christie

Ein seltsamer Scherz

Scherz

Einmalige Ausgabe 1999
Diese Taschenbuchausgabe ist eine Auswahl
aus dem Originalwerk:
«Miss Marple's Last Cases»
Copyright © by Agatha Christie
Alle deutschsprachigen Rechte beim Scherz Verlag,
Bern, München, Wien.
Gesamtherstellung: Clausen & Bosse, Leck

Ein seltsamer Scherz

«Und das», sagte Jane Helier abschließend mit großer Geste, «ist Miss Marple!»
Jane war Schauspielerin und verstand sich darauf, Wirkung zu erzielen. Dies war unverkennbar der Höhepunkt, die Krönung der Schlußszene. In ihrem Ton mischten sich zu gleichen Teilen Ehrfurcht und Triumph. Seltsamerweise war die so großartig Eingeführte nur eine freundliche, betulich aussehende alte Jungfer. Die Augen der beiden jungen Leute, die eben dank Janes freundlicher Vermittlung ihre Bekanntschaft gemacht hatten, verrieten Ungläubigkeit und einen Anflug von Bestürzung. Sie waren ein gutaussehendes Paar: Charmian Stroud, das Mädchen, schlank und dunkel – Edward Rossiter, der Mann, ein hellhaariger, liebenswürdiger junger Hüne.
«Oh!» stieß Charmian ein wenig atemlos hervor. «Wir freuen uns sehr, Sie kennenzulernen.» Doch in ihren Augen lag Zweifel. Sie warf einen raschen, fragenden Blick zu Jane Helier.
«Liebling», sagte Jane mit Überzeugung, «sie ist einfach fabelhaft. Überlaßt nur alles

ihr! Ich habe euch versprochen, sie herzu-
holen, und da ist sie.» Zu Miss Marple ge-
wandt fügte sie hinzu: «Sie können ihnen
bestimmt helfen. Für *Sie* ist das ein Kinderspiel.»

Miss Marple richtete ihre freundlichen,
porzellanblauen Augen auf Mr. Rossiter.

«Möchten Sie mir nicht sagen», bat sie,
«worum es hier eigentlich geht?»

«Jane ist eine Freundin von uns», warf
Charmian ungeduldig ein. «Edward und
ich sind in einer argen Klemme. Jane sagte, wenn wir zu ihrem Fest kämen, würde
sie uns mit jemandem bekanntmachen, der
uns – der bereit wäre –»

Edward kam ihr zu Hilfe. «Jane hat uns erzählt, daß Sie eine wahre Meisterdetektivin
sind, Miss Marple.»

Die Augen der alten Dame blitzten, doch sie
wehrte bescheiden ab. «Aber nein, nein!
Nichts dergleichen. Doch wenn man auf
dem Dorf lebt, wie ich, dann kann man gar
nicht umhin, die Menschen kennenzulernen. Sie haben mich neugierig gemacht. Erzählen Sie mir von Ihren Schwierigkeiten.»

«Die Sache ist ziemlich banal, fürchte ich –
es geht nur um einen vergrabenen Schatz»,
erklärte Edward.

«Tatsächlich? Aber das klingt ja höchst aufregend.»

«Ich weiß. Wie *Die Schatzinsel*. Nur fehlt unserem Problem das übliche romantische Beiwerk. Keine Karte, auf der die Fundstelle durch einen Totenschädel mit gekreuzten Knochen gekennzeichnet ist; keinerlei Richtungsangaben wie vier Schritte nach links, west-nordwest. Es ist ein ganz prosaisches Problem – wo sollen wir graben?»

«Haben Sie denn überhaupt schon einen Versuch gemacht?»

«Das kann man wohl sagen! Wir haben ungefähr zwei Morgen Land umgegraben. Wir brauchen nur noch Gemüse anzupflanzen, dann haben wir den schönsten Nutzgarten.»

«Möchten Sie wirklich die ganze Geschichte hören?» fragte Charmian ziemlich unvermittelt.

«Aber natürlich, mein Kind.»

«Dann suchen wir uns doch ein stilles Eckchen. Kommt!»

Sie ging voraus durch den mit Menschen gefüllten, rauchgeschwängerten Raum, und sie folgten ihr die Treppe hinauf in einen kleinen Salon im zweiten Stockwerk.

Als sie sich gesetzt hatten, begann Charmian ohne Umschweife: «Also, die Sache ist so! Die Geschichte dreht sich um Onkel Matthew. Er war unser Onkel – oder vielmehr Großonkel. Er erreichte ein wahrhaft biblisches Alter. Edward und ich waren seine einzigen Verwandten. Er hatte uns gern und erklärte immer, wenn er eines Tages sterben sollte, würde er uns sein Geld hinterlassen. Nun ist er also im vergangenen März gestorben und verfügte, daß sein gesamtes Vermögen zu gleichen Teilen an Edward und mich gehen sollte. So, wie ich das jetzt erkläre, klingt es ziemlich kaltschnäuzig. Ich will nicht sagen, daß wir uns freuten, als er starb. Wir hatten ihn nämlich wirklich gern. Aber er war vor seinem Tod schon ziemlich lange krank gewesen.

Kurz und gut, das gesamte Vermögen, das er uns hinterließ, war praktisch gar nichts. Und das war, offen gesagt, ein ziemlicher Schlag für uns, nicht wahr, Edward?»

Dieser stimmte zu. «Ja», erklärte er, «wir hatten nämlich ein bißchen mit dem Geld gerechnet. Ich meine, wenn man weiß, daß man etwas Geld zu erwarten hat, dann – na ja, dann strampelt man sich nicht unbedingt ab, um selbst etwas auf die Beine zu bringen. Ich bin beim Militär, und abgesehen von meinem Sold habe ich keine großen Besitztümer. Charmian hat keinen Penny. Sie arbeitet als Spielleiterin bei einem Repertoiretheater; das ist interessant, und es macht ihr Spaß, aber reich werden kann man dabei nicht. Für uns stand fest, daß wir eines Tages heiraten würden, aber die finanzielle Seite machte uns keine Sorgen, weil wir beide wußten, daß wir irgendwann ganz hübsch was erben würden.»

«Und jetzt stehen wir da», sagte Charmian. «Das schlimmste ist, daß wir wahrscheinlich *Ansteys* – das ist der Familienbesitz, und Edward und ich lieben ihn – verkaufen müssen. Die Vorstellung ist uns beiden unerträglich. Aber wenn wir Onkel Matthews Geld nicht finden, dann müssen wir ihn verkaufen.»

«Charmian», mischte sich Edward ein, «zum entscheidenden Punkt sind wir immer noch nicht gekommen.»

«Hm, ja, dann erzähl du doch weiter.»

Edward wandte sich an Miss Marple. «Sehen Sie, es ist folgendermaßen. Mit zunehmendem Alter wurde Onkel Matthew immer mißtrauischer. Es kam so weit, daß er niemand mehr vertraute.»

«Sehr klug von ihm», stellte Miss Marple fest. «Die Verderbtheit der menschlichen Natur ist unglaublich.»

«Kann sein, daß Sie recht haben. Jedenfalls war Onkel Matthew dieser Auffassung. Er hatte einen Freund, der sein Geld bei einem Bankkrach verlor; ein anderer seiner Freunde wurde von einem betrügerischen Anwalt um sein Vermögen gebracht, und er selbst verlor einiges Geld, als er in eine Schwindelfirma investierte. Am Schluß jedenfalls pflegte er des langen und breiten zu erklären, das einzig Sichere und Vernünftige wäre es, sein Geld in Goldbarren anzulegen und die Dinger zu vergraben.»

«Aha», sagte Miss Marple. «Mir geht ein Licht auf.»

«Ja. Einige seiner Freunde widersprachen ihm, hielten ihm vor, daß er auf diese Weise keine Zinsen bekommen würde, aber er behauptete, das spiele keine Rolle. Das Gescheiteste wäre es, pflegte er zu sagen, den Großteil seines Geldes in einer Pappschachtel unter dem Bett zu verwahren oder im Garten zu vergraben.»

«Und als er starb», fuhr Charmian fort, «hinterließ er kaum etwas in Wertpapieren, obwohl er schwerreich war. Deshalb glau-

ben wir, daß er sein Geld tatsächlich vergraben hat.»

«Wir stellten nämlich fest», hakte Edward
wieder ein, «daß er von Zeit zu Zeit einen
Teil seiner Wertpapiere verkauft und
hohe Geldsummen abgehoben hatte. Kein
Mensch weiß, was er mit dem Geld gemacht
hat. Wir halten es deshalb für wahrscheinlich, daß er sich tatsächlich an seine Prinzi-
pien gehalten und Goldbarren gekauft hat,
die er dann im Garten vergrub.»

«Er hat nicht mit Ihnen gesprochen, bevor
er starb? Er hat keine Papiere hinterlassen?
Keinen Brief?»

«Das ist ja das, was uns verrückt macht.
Nichts. Er war mehrere Tage lang bewußt-
los, aber dann erholte er sich noch einmal
kurz. Er sah uns beide an und lachte leise –
es war ein schwaches, dünnes Lachen. ‹Ihr
beide seid jetzt gut gestellt, meine hübschen Täubchen›, sagte er. Dann berührte
er seine Augen und machte sie ganz weit
auf, so als blickte er in weite Ferne, und
zwinkerte uns zu. Kurz danach ist er gestorben.

«Er berührte seine Augen und machte sie
ganz weit auf», wiederholte Miss Marple
nachdenklich.

«Sagt Ihnen das etwas?» fragte Edward eifrig. «Mir fiel dabei eine Arsène-Lupin-Geschichte ein, wo etwas im Glasauge eines Mannes verborgen war. Aber Onkel Matthew hatte kein Glasauge.»

Miss Marple schüttelte den Kopf. «Nein – auf Anhieb fällt mir dabei nichts ein.»

«Jane hat mir erklärt», bemerkte Charmian enttäuscht, «Sie würden uns augenblicklich sagen, wo wir graben sollen.»

Miss Marple lächelte. «Zaubern kann ich leider nicht. Ich habe Ihren Onkel nicht gekannt, ich weiß nicht, was für ein Mensch er war, und ich kenne weder das Haus noch das umliegende Gelände.»

«Und wenn Sie es kennenlernen würden?» fragte Charmian.

«Nun, die Sache muß doch eigentlich ganz einfach sein, meinen Sie nicht?» gab Miss Marple zurück.

«Einfach!» rief Charmian. «Dann kommen Sie doch mit nach *Ansteys*. Da werden Sie sehen, wie einfach es ist.»

Möglich, daß ihre Einladung nicht ernst gemeint war, doch Miss Marple sagte sogleich ganz lebhaft: «Das ist aber wirklich nett von Ihnen, mein Kind. Ich habe mir immer schon gewünscht, einmal auf Schatzsuche gehen zu können. Und noch dazu», fügte sie mit einem strahlenden Lächeln hinzu, «wenn die Liebe mit im Spiel ist.»

«Da sehen Sie's!» sagte Charmian mit dramatischer Geste.

Sie hatten soeben einen ausgedehnten Rundgang durch das Gelände von *Ansteys* beendet. Sie waren durch den Gemüsegarten gewandert, der von tiefen Gräben durchzogen war. Sie waren durch das Wäldchen spaziert, wo um jeden größeren Baum herum die Erde ausgehoben worden war, und hatten traurig den mit Erdhügeln gesprenkelten Rasen betrachtet, der einst glatt und wohlgepflegt gewesen war. Sie waren oben in der Mansarde gewesen, wo alte Schiffskoffer und Truhen durchwühlt worden waren. Sie waren in den Keller hinuntergestiegen, wo Steinplatten aus dem Boden gerissen worden waren. Sie hatten Wände nachgemessen und abgeklopft, und Miss Marple hatte jedes antike Möbelstück begutachten müssen, von dem zu vermuten war, daß es ein Geheimfach enthielt.

Auf einem Tisch im Arbeitszimmer lag ein Stapel von Papieren – alle Unterlagen, die der verstorbene Matthew Stroud hinterlassen hatte. Nicht ein Dokument war vernichtet worden, und Charmian und Edward zog es immer wieder zu ihnen hin. Ernsthaft hatten sie schon unzählige Male die Rechnungen, Einladungen und Geschäftsbriefe durchgesehen, in der Hoffnung, einen Hinweis zu entdecken, der ihnen bis dahin entgangen war.

«Fällt Ihnen ein Ort ein, wo wir noch nicht gesucht haben?» fragte Charmian hoffnungsvoll.

Miss Marple schüttelte den Kopf.

«Ich habe den Eindruck, daß Sie beide sehr gründlich zu Werke gegangen sind, mein Kind. Vielleicht, wenn ich das einmal sagen darf, allzu gründlich. Meiner Meinung nach sollte man immer einen Plan haben. Mir fällt in diesem Zusammenhang meine Freundin, Mrs. Eldritch, ein. Sie hatte ein wirklich nettes kleines Dienstmädchen, das das Linoleum immer auf Hochglanz bohnerte; aber sie war so gründlich, daß sie den Boden im Badezimmer zu heftig bohnerte, und als Mrs. Eldritch aus der Wanne stieg, da rutschte die Matte unter ihren Füßen weg, und sie stürzte äußerst unglücklich und brach sich das Bein. Es war wirklich sehr dumm, weil die Badezimmertür natürlich abgeschlossen war. Der Gärtner mußte

14

erst eine Leiter holen und durch das Fenster einsteigen. Schrecklich peinlich für Mrs. Eldritch, wie Sie sich vorstellen können.»

Edward trat nervös von einem Fuß auf den anderen.

«Verzeihen Sie», sagte Miss Marple hastig. «Ich komme immer so leicht vom Hundertsten ins Tausendste, ich weiß. Aber eines erinnert einen eben an das andere. Und manchmal ist das eine Hilfe. Ich wollte damit eigentlich nur sagen, wenn wir uns vielleicht bemühen, unser Gehirn anzustrengen, und uns überlegen, ob es nicht einen Ort gibt –»

«Tun Sie das, Miss Marple», fiel ihr Edward gereizt ins Wort. «In meinem Gehirn und in Charmians ist inzwischen nur noch gähnende Leere.»

«Sie Ärmster. Natürlich – für Sie ist das alles höchst verdrießlich. Wenn Sie nichts dagegen haben, sehe ich diesen Haufen da einmal durch.» Sie wies auf die Papiere auf dem Tisch. «Das heißt natürlich, wenn nichts Persönliches darunter ist. Ich möchte nicht den Eindruck erwecken, daß ich schnüffle.»

«Nein, nein, sehen Sie sich die Papiere

ruhig an. Ich fürchte nur, Sie werden da auch nichts finden.»

Sie setzte sich an den Tisch und arbeitete sich mit Methode durch den Stoß von Unterlagen. Automatisch sortierte sie die Papiere in mehrere ordentliche kleine Häufchen. Als sie das letzte Blatt aus der Hand gelegt hatte, saß sie ein paar Minuten lang stumm da und starrte auf die säuberlichen Häufchen, die vor ihr lagen.

Nicht ohne einen Anklang von Boshaftigkeit fragte Edward: «Nun, Miss Marple?»

Mit einem kleinen Zusammenzucken fuhr Miss Marple aus ihrer Versunkenheit.

«Entschuldigen Sie. Das war äußerst nützlich.»

«Sie haben etwas entdeckt, das von Belang ist?»

«Nein, nein, das nicht, aber ich glaube jetzt zu wissen, was für ein Mensch Ihr Onkel Matthew war. Ich habe den Eindruck, er war meinem eigenen Onkel Henry ziemlich ähnlich. Er hatte eine Schwäche für recht banale Scherze. Ein Junggeselle offensichtlich – würde mich interessieren, wieso – vielleicht eine frühe Enttäuschung? Bis zu einem gewissen Grad genau und methodisch, aber mit einer Abneigung dagegen,

16

sich festzulegen – das ist bei vielen Junggesellen so.»

Hinter Miss Marples Rücken tippte sich Charmian an die Stirn. Sie ist plemplem, gab sie Edward zu verstehen.

Miss Marple erzählte derweilen munter weiter von ihrem verstorbenen Onkel Henry.

«Er hatte eine Vorliebe für Wortspiele. Und es gibt Leute, die Wortspiele einfach hassen. Solche Wortspiele können natürlich auch enervierend sein. Er war ebenfalls ein mißtrauischer Mensch. Dauernd verdächtigte er die Hausangestellten, ihn zu bestehlen. Manchmal war das natürlich tatsächlich der Fall, aber nicht immer. Und dieses Mißtrauen verschlimmerte sich immer mehr. Der Arme war am Ende soweit, daß er das Personal verdächtigte, sein Essen zu vergiften. Er aß nur noch harte gekochte Eier. In ein hartes Ei könnte niemand etwas hineinmanipulieren, sagte er immer. Und dabei war er früher ein so lebensfroher Mensch. Wie hat er seinen Kaffee nach dem Essen immer genossen! ‹Dieser Kaffee schmeckt nach Meer›, pflegte er zu sagen, womit er wissen lassen wollte, daß er mehr haben wollte, verstehen Sie.»

Edward hatte das Gefühl, daß er aus der

Haut fahren würde, wenn er sich noch weitere Anekdoten über Onkel Henry anhören müßte.

«Junge Menschen hatte er gern», fuhr Miss Marple fort, «aber er hatte eine Vorliebe dafür, sie zu necken. Er machte sich zum Beispiel einen Spaß daraus, eine Tüte Bonbons an einen Platz zu legen, wo die Kinder sie zwar sehen, aber nicht erreichen konnten.»

Charmian vergaß alle Höflichkeit und sagte: «Er muß ein gräßlicher Mensch gewesen sein.»

«Aber nein, mein Kind, nur ein verschrobener alter Junggeselle, der an Kinder nicht gewöhnt war. Und dumm war er ganz und gar nicht. Er hatte immer ziemlich viel Geld im Haus, und deshalb ließ er einen Safe einbauen. Er machte großen Wirbel darum, erklärte allen, die es hören wollten, wie sicher der Safe sei. Das Resultat war, daß eines Nachts Einbrecher kamen, und sie schnitten doch tatsächlich ein Loch in den Safe.»

«Recht geschehen», bemerkte Edward.

«Aber der Safe war leer», erklärte Miss Marple. «In Wirklichkeit bewahrte er nämlich sein Geld an einem ganz anderen Ort auf – hinter einer mehrbändigen Ausgabe frommer Sprüche und Predigten in der Biblio-

18

thek. Solche Bücher zogen die Leute nie aus den Regalen, sagte er.»

«He!» unterbrach Edward aufgeregt. «Das ist ein Gedanke! Vielleicht in der Bibliothek.»

Doch Charmian schüttelte nur verächtlich den Kopf.

«Glaubst du, daran hätte ich nicht gedacht? Letzten Dienstag, als du in Portsmouth warst, habe ich sämtliche Bücher durchgesehen. Eines nach dem anderen habe ich herausgenommen und geschüttelt. Da ist nichts.»

Edward seufzte. Dann raffte er sich zusammen und versuchte nunmehr, den enttäuschenden Gast auf möglichst taktvolle Art loszuwerden.

«Es war sehr freundlich von Ihnen, mit uns hier herunterzukommen und zu versuchen, uns zu helfen. Es tut mir leid, daß nichts dabei herausgekommen ist. Ich fürchte, wir haben Ihnen nur die Zeit gestohlen. Aber ich hole jetzt gleich den Wagen heraus, dann können Sie den Zug um fünfzehn Uhr dreißig –»

«Aber nein», unterbrach ihn Miss Marple. «Wir müssen doch noch das Geld finden, oder nicht? Sie dürfen die Flinte nichts ins

Korn werfen, Mr. Rossiter. Man muß für den Erfolg arbeiten.»

«Soll das heißen, daß Sie – daß Sie es weiter versuchen wollen?»

«Genaugenommen», gab Miss Marple zurück, «habe ich noch gar nicht begonnen. ‹Erst fange man einen Hasen›, wie Mrs. Beaton in ihrem Kochbuch schreibt – ein prächtiges Buch, aber sündteuer; die meisten Rezepte beginnen mit den Worten: Man nehme einen halben Liter Sahne und ein Dutzend Eier. Hm, Augenblick, wo war ich gleich? Ach, ja. Also, den Hasen haben wir sozusagen jetzt gefangen – wobei der Hase natürlich Ihr Onkel Matthew ist. Nun müssen wir uns nur noch überlegen, wo er das Geld versteckt hätte. Das müßte eigentlich ganz einfach sein.»

«Einfach?» echote Charmian.

«Gewiß, mein Kind. Ich bin überzeugt, er hätte das nächstliegende getan. Ein Geheimfach – das ist mein Tip.»

«Goldbarren kann man nicht in einem Geheimfach verstecken», stellte Edward trokken fest.

«Nein, natürlich nicht. Aber es gibt keinen Anlaß anzunehmen, daß das Geld in Goldbarren steckt.»

«Er hat doch immer gesagt –»

«Ja, mein Onkel Henry hat auch immer von seinem Safe gesprochen. Ich vermute deshalb stark, daß das nur ein Täuschungsmanöver war. Diamanten – die ließen sich leicht in einem Geheimfach unterbringen.»

«Aber wir haben doch in allen Geheimfächern nachgesehen! Wir haben extra einen Schreiner kommen lassen, der sich die Möbel angesehen hat.»

«Tatsächlich? Das war sehr klug von Ihnen. Ich würde sagen, daß der Schreibtisch Ihres Onkels am ehesten in Frage kommt. Ist das der hohe Sekretär dort an der Wand?»

«Ja. Ich zeige Ihnen alles.»

Charmian ging zu dem Sekretär. Sie zog die Klappe herunter. Dahinter befanden sich viele kleine Fächer und Schubladen. Sie zog ein kleines Türchen in der Mitte auf und drückte auf eine Feder in der Schublade links davon. Der Boden des Mittelfachs glitt mit einem feinen Knacken nach vorn. Charmian zog ihn heraus. Darunter befand sich ein nicht sonderlich tiefes Fach. Es war leer.

«So ein Zufall!» rief Miss Marple. «Mein Onkel Henry hatte genau den gleichen

Schreibtisch. Nur war seiner aus Walnuß, und der hier ist aus Mahagoni.»

«Auf jeden Fall», bemerkte Charmian, «ist das Fach leer, wie Sie sehen können.»

«Ich nehme an», gab Miss Marple zurück, «Ihr Schreiner war ein junger Mann. Nicht allzu bewandert. Die Leute jener Zeit waren sehr raffiniert, wenn sie geheime Verstecke einbauten. Es gibt da häufig ein Geheimfach im Geheimfach.»

Sie zog eine Nadel aus ihrem grauen Haarknoten. Nachdem sie sie gerade gebogen hatte, senkte sie ihre Spitze in eine winzige Öffnung auf einer Seite des Geheimfachs, die wie ein Wurmloch aussah. Mit ein wenig Mühe zog sie eine kleine Schublade heraus. In ihr lagen ein Bündel vergilbter Briefe und ein zusammengefaltetes Blatt Papier.

Edward und Charmian stürzten sich gleichzeitig auf den Fund. Mit zitternden Fingern faltete Edward das Blatt Papier auseinander. Gleich darauf schleuderte er es mit einem Ausruf des Zorns von sich.

«Ein Kochrezept! Für Wiener Kaiserschmarren!»

Charmian löste das Band, das die Briefe zusammenhielt. Sie zog einen heraus und warf einen Blick darauf.

«Liebesbriefe!»

Miss Marple war hingerissen.

«Wie interessant! Vielleicht erfahren wir jetzt den Grund, weshalb Ihr Onkel nie geheiratet hat.»

Charmian las vor: «Mein liebster Matthew, ich muß gestehen, die Zeit ist mir lang geworden, seit ich Deinen letzten Brief erhalten habe. Ich versuche, mich ganz den Aufgaben zu widmen, die mir auferlegt sind, und sage mir oft, wie glücklich ich mich preisen kann, Gelegenheit zu haben, so viel von der Welt zu sehen. Als ich damals nach Amerika reiste, hätte ich mir allerdings nicht träumen lassen, daß ich eines Tages auf diese fernen Inseln verschlagen werden würde.»

Charmian brach ab. «Woher kommt der Brief? Oh! Aus Hawaii!»

Sie fuhr fort: «Diese Eingeborenen hier sind leider noch weit entfernt davon, erleuchtet zu werden. Sie befinden sich noch in einem Zustand der Nacktheit und der Wildheit und bringen fast ihre ganze Zeit damit zu, zu schwimmen und zu tanzen und sich mit Blumenkränzen zu schmücken. Mr. Gray hat einige von ihnen zum Glauben bekehrt, aber es ist mühsame Arbeit, und er und Mrs. Gray sind oft sehr entmutigt. Ich gebe mir alle Mühe, sie aufzuheitern und zu ermutigen, aber auch mir ist oft traurig ums Herz. Den Grund kannst Du Dir wohl denken, mein lieber Matthew. Ja, die Trennung ist eine schwere Prüfung für ein liebendes Herz. Die Beteuerungen Deiner unwandelbaren Liebe und Zuneigung haben mich sehr getröstet. Mein Herz gehört jetzt und immer Dir, mein lieber Matthew.

Ich grüße Dich aus der Ferne und bitte Dich, mir zu glauben, daß ich Dir immer gut sein werde. Deine Dich liebende Betty Martin.

P.S. Ich schicke den Brief wie immer an unsere gemeinsame Freundin Matilda Graves. Ich hoffe, der Himmel wird mir diese kleine List verzeihen!»

Edward stieß einen Pfiff aus.

«Eine Missionarin! Das also war Onkel Matthews Liebe. Ich möchte wissen, warum die beiden nie geheiratet haben.»

«Sie scheint in der ganzen Welt herumgekommen zu sein», bemerkte Charmian, während sie die Briefe durchsah. «Mauritius – alle möglichen Länder der Erde. Sie ist wahrscheinlich am Gelben Fieber gestorben oder so was.»

Ein leises Lachen riß die beiden jungen Leute aus ihren Betrachtungen. Miss Marple war offenbar sehr erheitert. «Na so was!» sagte sie. «Wer hätte das gedacht!»

Sie überflog gerade das Rezept für den Wiener Kaiserschmarren. Als sie die fragenden Blicke der jungen Leute bemerkte, las sie vor: «‹Wiener Kaiserschmarren. Man nehme sechs Eier, einen Viertel Liter Milch, zwei Löffel Zucker, zweihundert Gramm Mehl, Salz. Eigelb und Zucker, Salz und Milch verrühren. Das Mehl dazu, Eischnee vorsichtig unterheben, zuletzt eine Handvoll Sultaninen. Das Ganze in der Pfanne goldbraun backen und kleine Stücke abstechen. Fertig ist der Schmarren!› Was sagen Sie dazu?»

«Viel zu süß», erklärte Edward unwirsch.

«Nein, nein, das schmeckt sicher köstlich – aber wie denken Sie über das *Ganze*?»

Ein Licht der Erleuchtung erhellte plötzlich Edwards Gesicht.

«Glauben Sie, es ist eine verschlüsselte Botschaft?» Er packte das Blatt mit dem Rezept. «Schau her, Charmian, das könnte es sein. Es gibt doch sonst keinen Grund, ein Kochrezept in einer Geheimschublade zu verstecken.»

«Genau», bestätigte Miss Marple. «Das ist sehr bedeutsam.»

«Ich weiß, was es sein könnte», ließ sich Charmian vernehmen. «Unsichtbare Tinte. Machen wir das Papier doch mal heiß. Schalte die Heizplatte ein.»

Edward tat es, doch keine Spuren einer Geheimschrift zeigten sich unter Einwirkung der Wärme.

Miss Marple hüstelte. «Wissen Sie, ich glaube wirklich, Sie machen es sich zu schwer. Das Rezept ist gewissermaßen nur ein Hinweis. Das Wichtigste sind meiner Ansicht nach die Briefe.»

«Die Briefe?»

«Insbesondere», sagte Miss Marple, «die Schlußformel. Sie ist bei allen Briefen gleich.»

Doch Edward hörte nur mit halbem Ohr zu.

«Charmian», rief er aufgeregt. «Komm her! Miss Marple hat recht. Schau – die Umschläge sind alt, das stimmt. Aber die Briefe selbst wurden viel später geschrieben.»

«Genau», sagte Miss Marple wie zuvor.

«Sie sind nur auf alt gemacht. Ich möchte wetten, daß Onkel Matthew sie selbst geschrieben hat…»

«Ganz recht», meinte Miss Marple.

«Die ganze Geschichte ist erfunden. Es hat nie eine Missionarin gegeben. Das kann nur eine verschlüsselte Botschaft sein.»

«Meine Lieben, es ist wirklich nicht nötig, die ganze Sache so kompliziert zu sehen. Ihr Onkel war im Grund ein einfacher Mensch. Nur seinen kleinen Spaß wollte er haben, das ist alles.»

Zum erstenmal zollten sie ihr ungeteilte Aufmerksamkeit.

«Wie meinen Sie das, Miss Marple?» erkundigte sich Charmian.

«Ich meine, mein Kind, daß Sie das Geld in diesem Augenblick in Ihren Händen halten.»

Charmian starrte auf die Briefe.

«Die Schlußformel, mein Kind. Sie verrät alles. Das Rezept ist, wie gesagt nur ein Hinweis. Was ist es denn in Wirklichkeit? Am Schluß steht es klar und deutlich. Ein Schmarren! Mit anderen Worten, Quatsch! Es ist also klar, daß die Briefe das Wichtige sind. Die Schlußformel, die in allen Briefen die gleiche ist: Ich grüße Dich aus der Ferne und werde Dir immer gut sein! Und das nun im Zusammenhang mit dem, was Ihr Onkel tat, kurz bevor er starb. Er berührte seine Augen, sagten Sie, und machte sie weit auf, als blickte er in die Ferne. Na bitte – da haben Sie's. Das ist der Hinweis auf die Lösung des Rätsels.»

«Sind wir verrückt, oder sind Sie es?» fragte Charmian.

«Aber mein Kind, Sie kennen doch gewiß das Sprichwort: Warum in die Ferne schweifen, sieh, das Gute liegt so nah!»

Edward stieß einen unterdrückten Schrei aus und blickte auf den Brief in seiner Hand.

«Ich grüße Dich aus der Ferne und bin Dir immer gut!»

«Richtig, Mr. Rossiter. Wie Sie eben selbst sagten, hat es diese treue Geliebte nie gegeben. Die Briefe wurden von Ihrem Onkel geschrieben, und ich könnte mir denken, daß er viel Spaß dabei gehabt hat. Die Schrift auf den Umschlägen ist, wie Sie ebenfalls bemerkten, viel älter – die Umschläge können gar nicht zu den Briefen gehören, weil der Poststempel auf dem, den Sie in der Hand halten, von achtzehnhunderteinundfünfzig ist.»

Sie machte eine Pause.

«Achtzehnhunderteinundfünfzig», sagte sie dann mit Nachdruck. «Das erklärt doch wohl alles.»

«Mir nicht», versetzte Edward.

«Ja, natürlich», meinte Miss Marple. «Mir würde es wahrscheinlich auch nichts sagen, wenn nicht mein Großneffe Lionel wäre. Ein reizender Junge, wirklich, und ein leidenschaftlicher Briefmarkensammler. Er kennt sich auf diesem Gebiet glänzend aus. Von ihm habe ich erfahren, daß es ganz besonders seltene und wertvolle Briefmarken gibt, und er erzählte mir, daß ein ganz fantastischer neuer Fund zur Versteigerung gekommen sei. Ich erinnere mich besonders an eine Briefmarke, die er erwähnte – eine blaue Zwei-Cent-Marke von achtzehnhunderteinundfünfzig. Sie erzielte an die fünfundzwanzigtausend Dollar, glaube ich. Stellen Sie sich das vor! Ich denke mir, daß auch die anderen Marken besonders seltene und wertvolle Exemplare sind. Ihr Onkel hat zweifellos über einen Händler gekauft und darauf geachtet, ‹seine Spuren zu verwischen›, wie es in Detektivgeschichten immer heißt.» Edward stöhnte. Er ließ sich in einen Sessel fallen und schlug die Hände vor sein Gesicht.

«Was ist denn los?» fragte Charmian.

«Nichts. Mir ist nur eben der entsetzliche Gedanke gekommen, daß wir diese Briefe taktvoll verbrannt hätten, wenn nicht Miss Marple gewesen wäre.»

«Ja, ja», meinte Miss Marple, «das machen sich diese alten Herren, die so gern Schabernack treiben, niemals klar. Ich erinnere mich, daß Onkel Henry einmal seiner Lieblingsnichte zu Weihnachten eine Ein-Pfund-Note schickte. Er steckte sie in eine Weihnachtskarte, klebte die Karte zusammen und schrieb darauf, ‹In Liebe und mit den besten Wünschen. Leider reicht es in diesem Jahr nicht zu mehr.›

Das arme Ding war ziemlich verärgert über seinen scheinbaren Geiz und warf die Karte in ihrem Zorn gleich ins Feuer; da mußte er ihr natürlich noch einen Schein schicken.»

Edwards Gefühle Onkel Henry gegenüber hatten eine schlagartige Wandlung durchgemacht.

«Miss Marple», sagte er, «ich hole jetzt eine Flasche Champagner herauf, und dann trinken wir alle auf das Wohl Ihres Onkel Henry.»

Miss Marple erzählt eine Geschichte

«Ich glaube nicht, meine Lieben, daß ich euch je die ziemlich seltsame Geschichte erzählt habe, die vor ein paar Jahren passiert ist. Weder dir, Raymond, noch dir, Joan. Ich möchte auf keinen Fall eingebildet erscheinen... Natürlich weiß ich, daß ich im Vergleich mit euch jungen Leuten überhaupt nicht clever bin... Raymond schreibt so moderne Bücher über ziemlich unsympathische junge Männer und Frauen, und Joan malt bemerkenswerte Bilder, alles darauf ist eckig oder weist seltsame Rundungen auf – wirklich, sie sind sehr gelungen, meine Liebe! Doch was sagt Raymond immer von mir? Natürlich auf nette Art, denn er ist der netteste Neffe, den man sich vorstellen kann... daß ich hoffnungslos altmodisch bin. Wovon sprach ich doch gerade? Ja, natürlich, ich möchte nicht eingebildet erscheinen, obwohl ich ein ganz klein wenig stolz auf mich bin, denn ich habe mit etwas gesundem Menschenverstand ein Problem gelöst, das wesentlich klügeren Köpfen als meinem zu schaffen machte. Zwar lag die Lösung von Anfang an auf der Hand... Also, ich werde euch meine kleine Geschichte erzählen, und wenn ihr meint, daß ich mir zu viel darauf einbilde, denkt daran, ich habe einem Menschen geholfen, der sich in großen Schwierigkeiten befand.

Ich erinnere mich, daß Gwen eines Abends um neun Uhr – ihr erinnert euch doch noch an Gwen, mein nettes rothaariges Dienstmädchen? –, also, Gwen kam und sagte mir, Mr. Petherick und ein anderer Herr wünschten mich zu sprechen. Sie saßen im Wohnzimmer, während ich mich im Eßzimmer aufhielt; ich finde es so verschwenderisch, im Frühling zwei Kamine brennen zu lassen.

Ich wies Gwen an, Cherry Brandy und Gläser zu bringen, und ging ins Wohnzimmer. Ich weiß nicht, ob ihr euch an Mr. Petherick erinnert? Er starb vor zwei Jahren, doch viele Jahre lang war er sowohl ein persönlicher Freund als auch ein guter Rechtsberater für mich. Ein sehr gewissenhafter und kluger Rechtsanwalt. Jetzt kümmert sich sein Sohn um meine Angelegenheiten – auch ein fähiger Kopf –, doch irgendwie habe ich nicht dasselbe Vertrauen zu ihm. Ich entschuldigte mich bei Mr. Petherick, daß kein Feuer im Kamin brenne, und dann stellte er mich seinem Freund vor, einem Mr. Rhodes. Einem noch jungen Mann, etwas über vierzig. Ich merkte sofort, daß etwas mit ihm nicht stimmte. Er benahm sich *sehr* seltsam. Man hätte ihn für unhöflich halten können, doch er stand unter einem großen Druck, wie ich gleich merkte.

Nachdem wir uns im Eßzimmer niedergelassen hatten, jeder ein Gläschen Cherry Brandy vor sich, erklärte Mr. Petherick den Grund seines Kommens.

‹Miss Marple›, sagte er, ‹bitte entschuldigen Sie meinen unerwarteten Besuch. Aber ich brauche Ihren Rat.›

Ich wußte nicht, was er mit seinen Worten sagen wollte, doch er fuhr fort: ‹Wenn jemand schwer erkrankt ist, möchte man immer zwei Diagnosen haben. Die des Hausarztes, und die eines Spezialisten. Allgemein wird angenommen, daß die Diagnose des Spezialisten kompetenter ist, doch der Meinung bin ich nicht. Ein Spezialist kennt nur sein eigenes Fachgebiet, der Hausarzt aber hat – vielleicht – weniger Fachwissen, dafür um so mehr Erfahrung.›

Ich wußte, was er damit sagen wollte. Erst

vor kurzem hatte eine meiner jungen Nichten ihr Kind von einem bekannten Dermatologen behandeln lassen, ohne vorher ihren Hausarzt zu konsultieren. Der Dermatologe verordnete eine ziemlich teure Behandlung, und schließlich stellte sich heraus, daß das Kind einfach die Masern hatte.

Ich führe das nur an – denn ich *hasse* es, vom Thema abzuschweifen –, um zu erklären, daß ich verstand, was Mr. Petherick meinte. Doch ich wußte immer noch nicht, worauf er hinauswollte.

‹Falls Mr. Rhodes krank sein sollte …›, sagte ich, doch unterbrach mich sofort, denn der arme Mann lachte verbittert.

Er meinte: ‹Wahrscheinlich werde ich innerhalb von ein paar Monaten tot sein.›

Und dann wurde die ganze Geschichte klarer. Vor kurzem war in Barnchester ein Mord geschehen. Es ist eine kleine Stadt, etwa zwanzig Meilen von hier entfernt. Ich hatte dem damals nicht viel Aufmerksamkeit geschenkt, denn hier bei uns im Ort passiert immer allerlei. Doch ich konnte mich erinnern, daß ich über eine Frau gelesen hatte, die in einem Hotel erstochen aufgefunden wurde. Ihren Namen wußte ich nicht mehr. Und jetzt stellte sich heraus, daß diese Frau Mr. Rhodes' Gattin gewesen war und er unter Mordverdacht stand.

Das alles erzählte mir Mr. Petherick und betonte die Tatsache, daß, obwohl Anklage gegen Unbekannt erhoben worden war, Mr. Rhodes in Kürze mit einer Mordanklage rechnen müsse. Deshalb hatte er Mr. Petherick aufgesucht und um seinen Beistand gebeten. Mr. Petherick fügte noch hinzu, daß sie beide am Nachmittag Sir Malcolm Olde aufgesucht hätten, der im Fall einer Anklage Mr. Rhodes verteidigen würde.

Sir Malcolm sei ein junger, dynamischer Mann, sagte Mr. Petherick, sehr modern in seinen Methoden, und er habe schon eine gewisse Verteidigungstaktik für diesen Fall entwickelt. Doch mit dieser Verteidigungstaktik war Mr. Petherick ganz und gar nicht einverstanden.

‹Liebe Miss Marple›, sagte er, ‹sie sieht mir zu sehr nach dem Standpunkt eines Spezialisten aus. Wenn Sie Sir Malcolm einen Fall übertragen, legt er sich auf einen Punkt fest, was für einen Verteidiger vernünftig ist. Doch dabei kann selbst der beste Verteidiger den wesentlichen Punkt übersehen, einfach das, was wirklich geschah.›

Dann sagte er noch ein paar nette Dinge über meinen gesunden Menschenverstand, meine Kenntnis der menschlichen Natur und mein Urteilsvermögen und bat mich, mir den Fall vortragen zu dürfen. Vielleicht wüßte ich eine Lösung.

Mr. Rhodes war es gar nicht recht, hier bei mir zu sitzen, und außerdem zweifelte er daran, daß ich ihm helfen könnte. Doch Mr. Petherick beachtete ihn nicht und erzählte mir, was in jener Nacht des achten März geschehen war.

Mr. und Mrs. Rhodes hatten sich im *Crown Hotel* in Barnchester aufgehalten. Mrs. Rhodes, die, so entnahm ich Mr. Pethericks vorsichtiger Ausdrucksweise, vielleicht etwas hypochondrisch veranlagt war, war unmittelbar nach dem Abendessen zu Bett gegangen. Sie und ihr Mann bewohnten zwei nebeneinanderliegende Zimmer, die durch eine Tür verbunden waren. Mr. Rhodes, der an einem Buch über prähistorische Feuersteine arbeitete, setzte sich zum Schreiben in sein Zimmer. Um elf Uhr ordnete er sein Manuskript und wollte ins Bett gehen. Doch vorher warf er noch einen Blick in das Zimmer seiner Frau, um sicherzugehen, daß ihr nichts fehlte. Das Licht brannte, und sie lag erstochen in ihrem Bett. Sie war seit etwa einer Stunde tot, wahrscheinlich schon länger. Folgendes wurde festgestellt: Es gab noch eine zweite Tür in Mrs. Rhodes' Zimmer, die auf den Flur führte. Diese Tür war von innen verriegelt. Das einzige Fenster des Raumes war ebenfalls verschlossen. Nach Mr. Rhodes' Aussage hatte niemand, außer dem Zimmermädchen, das die Wärmflaschen brachte, die Räume betreten. Mrs. Rhodes wurde mit einem Stilett getötet, das auf ihrer Frisierkommode lag und das sie als Brieföffner zu benutzen pflegte. Es wurden keine Fingerabdrücke auf der Waffe gefunden.

Also hatten nur Mr. Rhodes und das Zimmermädchen den Raum des Opfers betreten.

‹Auch wir nahmen sie als erste unter die Lupe›, antwortete Mr. Petherick. ‹Mary Hill stammt aus dem Ort und arbeitete schon seit zehn Jahren im Hotel als Zimmermädchen. Es gab absolut keinen Grund, warum sie plötzlich einen Gast des Hauses hätte töten sollen. Sie ist nicht sehr intelligent, doch ihre Version der Geschehnisse blieb immer dieselbe. Sie brachte Mrs. Rhodes eine Wärmflasche und sagte, daß die Dame zu diesem Zeitpunkt schon sehr müde gewesen sei. Meiner Meinung nach kann sie den Mord nicht begangen haben.› Mr. Petherick fügte weitere Einzelheiten hinzu. Am Ende der Treppe im *Crown Hotel* ist ein kleiner Aufenthaltsraum, wo manchmal Gäste sitzen und Kaffee trinken. Ein Gang führt nach recht, und die letzte Tür am Ende dieses Gangs ist die Tür zu Mr. Rhodes' Zimmer. Dann macht der Gang wieder eine scharfe Rechtsbiegung, und die erste Tür nach der Biegung führt in Mrs. Rhodes' Zimmer. Zufällig waren Zeugen anwesend, die beide Zimmertüren sehen konnten. Die erste Tür, die zu Mr. Rhodes' Zimmer – ich möchte sie A nennen –, konnte von vier Personen eingesehen werden, zwei Handelsvertretern und einem älteren Ehepaar, die dort Kaffee tranken. Nach ihren Aussagen gingen nur Mr. Rhodes und das Zimmermädchen durch Tür A. Tür B wurde von einem Elektriker, der dort eine Leitung reparierte, beobachtet, und der sagt, er habe nur das Zimmermädchen dort ein und aus gehen sehen.

Das war ein sehr seltsamer und interessanter Fall. Es sah aus, als ob Mr. Rhodes der

Mörder seiner Frau sein mußte. Doch Mr. Petherick war von der Unschuld seines Klienten überzeugt. Und Mr. Petherick war ein sehr erfahrener Anwalt.

Bei der Voruntersuchung hatte Mr. Rhodes eine etwas verworrene Geschichte über eine Frau erzählt, die Mrs. Rhodes Drohbriefe geschrieben hatte. Diese Geschichte schien höchst unglaubhaft. Von Mr. Petherick ermuntert, sagte er: ‹Offen gestanden, ich habe nie so recht daran geglaubt. Ich dachte, Amy hätte das alles nur erfunden.› Ich nahm an, daß Mrs. Rhodes eine jener Frauen gewesen ist, die das Leben auf unangenehme Art und Weise komplizieren. Ständig passiert ihnen etwas, und wenn sie auf einer Bananenschale ausrutschen, klingt es, als wären sie mit knapper Not dem Tod entronnen. Und so hatte ihr Mann die Gewohnheit angenommen, ihren Erzählungen keinen Glauben mehr zu schenken. Die Geschichte, daß die Mutter eines Kindes, das sie bei einem Autounfall getötet hatte, ihr Rache geschworen hatte – nun, Mr. Rhodes nahm sie einfach nicht zur Kenntnis. Der Unfall war vor ihrer Heirat passiert, und obwohl sie ihm die Drohbriefe vorgelesen hatte, war er davon überzeugt, seine Frau schriebe sie selbst. Das war vorher schon ein- oder zweimal vorgekommen. Sie neigte zur Hysterie und inszenierte ständig Zwischenfälle dieser Art. Ich kenne solche Menschen. Hier im Dorf lebt eine junge Frau, die sich ganz ähnlich verhält. Nur das Schlimme mit diesen Menschen ist, passiert ihnen wirklich etwas, so glaubt ihnen niemand mehr. Und so schien es in diesem Fall auch zu sein. Wahrscheinlich glaubte die Polizei, daß Mr. Rhodes die Geschichte nur erfunden habe, um den Verdacht von sich abzulenken.

Ich fragte, ob es während ihres Aufenhalts im Hotel noch andere weibliche Gäste gegeben habe. Zwei Damen, lautete die Antwort, eine Mrs. Granby, eine Witwe, und eine Miss Carruthers, eine alte Jungfer, die mit näselnder Stimme sprach. Mr. Petherick fügte hinzu, daß die Untersuchung ergeben hätte, daß weder Mrs. Granby noch Miss Carruthers in der Nähe des Tatorts gesehen worden wären, noch irgendwie mit der Tat in Zusammenhang gebracht werden könnten. Ich bat ihn, mir die beiden Frauen zu beschreiben. Mrs. Granby hatte ziemlich unordentlich frisierte rötliche Haare, einen blassen Teint und war etwa

Fünfzig. Sie kleidete sich in auffallende indische Seidengewänder. Miss Carruthers hingegen war etwa Vierzig, trug einen Kneifer und das Haar kurz. Ihre Kleidung war von männlichem Zuschnitt.

‹Du meine Güte›, sagte ich. ‹Das macht die Sache eher schwierig.› Mr. Petherick sah mich fragend an, doch ich wollte ihm zu diesem Zeitpunkt nicht mehr sagen, und so fragte ich ihn, wie Sir Malcolm Olde den Fall betrachte.

Sir Malcolm, so schien es, wollte auf Selbstmord plädieren, obwohl der Autopsiebericht sowie das Fehlen von Fingerabdrükken auf der Waffe dagegen sprachen. Doch diese Schwierigkeiten schienen Sir Malcolm wenig zu beeindrucken. Ich fragte Mr. Rhodes, wie er über die Sache denke, und er gab zur Antwort, daß er nicht an einen Selbstmord seiner Frau glaube. ‹Sie gehörte nicht zu den Menschen, die sich umbringen›, sagte er, und ich glaubte ihm. Hysteriker begehen gewöhnlich nicht Selbstmord.

Ich dachte eine Weile nach und fragte dann, ob die Tür von Mr. Rhodes' Zimmer direkt auf den Korridor geführt habe. ‹Nein›, antwortete er, ‹es gab noch eine

Tür, zu einem kleinen Vorraum mit angrenzendem Bad. Und diese Tür zwischen Schlafzimmer und Vestibül war von innen verschlossen.›

‹In diesem Fall ist die ganze Geschichte außerordentlich einfach›, sagte ich.

Und wirklich, es *war* einfach… Die einfachste Sache von der Welt. Doch schien niemand sie unter diesem Blickwinkel betrachtet zu haben.

Beide, Mr. Petherick und Mr. Rhodes starrten mich an, daß ich mich ein wenig unbehaglich fühlte.

‹Vielleicht hat Miss Marple den Fall nicht ganz erfaßt›, sagte Mr. Rhodes.

‹Oh, doch›, antwortete ich. ‹Es gibt vier Möglichkeiten. Entweder wurde Mrs. Rhodes von ihrem Mann getötet oder von dem Zimmermädchen, oder sie beging Selbstmord, oder ein Unbekannter, den niemand kommen und gehen sah, brachte sie um.›

‹Und das ist einfach unmöglich›, unterbrach mich Mr. Rhodes. ‹Niemand konnte mein Zimmer betreten, ohne daß ich ihn gesehen hätte. Selbst wenn jemand ungesehen in das Zimmer meiner Frau gekommen wäre, wie hätte er es verlassen? Die Tür war doch von innen verriegelt.›

Mr. Petherick sah mich fragend an. ‹Nun, Miss Marple?›

‹Ich möchte Ihnen eine Frage stellen, Mr. Rhodes›, sagte ich. ‹Wie sah das Zimmermädchen aus?›

Er antwortete, daß er es nicht genau wußte. Er glaubte, sie sei groß, konnte sich aber nicht erinnern, ob sie dunkles oder helles Haar gehabt habe. Dann stellte ich Mr. Petherick dieselbe Frage.

Er antwortete, sie sei mittelgroß gewesen und habe blonde Haare und blaue Augen gehabt.

Mr. Rhodes sagte: ‹Sie sind ein besserer Beobachter als ich, Petherick.› Diese Meinung teilte ich nicht. Dann fragte ich Mr. Rhodes, ob er mein Hausmädchen beschreiben könne. Weder er noch Mr. Petherick konnte es.

‹Verstehen Sie denn nicht, was das bedeutet?› sagte ich.

‹Sie kamen beide hierher und waren mit Ihren Sorgen beschäftigt. Die Person, die Ihnen die Tür öffnete, war nur ein Hausmädchen. Das gleiche trifft auf Mr. Rhodes im Hotel zu. Er sah nur ein Zimmermädchen. Er bemerkte ihre Uniform und ihre Schürze. Er konzentrierte sich auf seine Arbeit. Mr. Petherick hingegen sprach aus einem ganz anderen Grund mit ihr. Er nahm sie als *Person* wahr. Und darauf baute die Frau, die den Mord beging, ihren Plan auf.›

Da sie immer noch nicht begriffen, mußte ich es ihnen erklären. ‹Ich glaube, daß die Ereignisse sich so zutrugen›, sagte ich. ‹Das Zimmermädchen kam durch die Tür A, mit der Wärmflasche, und verließ den Raum durch Tür B. X, so will ich die Mörderin nennen, ging durch Tür B in den kleinen Vorraum, versteckte sich dort und wartete, bis das Zimmermädchen gegangen war. Dann betrat sie Mrs. Rhodes' Zimmer, nahm das Stilett von der Frisierkommode (zweifellos hatte sie sich vorher mit den Örtlichkeiten vertraut gemacht), ging zum Bett und erstach die Schlafende. Dann wischte sie die Fingerabdrücke von der Waffe, verriegelte die Tür, durch die sie gekommen war, und ging durch Mr. Rhodes' Zimmer nach draußen.› Mr. Rhodes sagte erregt: ‹Aber ich müßte sie gesehen haben! Und der Elektriker hätte sie in das Zimmer meiner Frau gehen sehen müssen.›

‹Nein›, erwiderte ich. ‹Da liegt der Fehler. Sie hätten sie beide nicht bemerkt – nicht,

wenn sie wie ein Zimmermädchen gekleidet war.› Ich wartete, bis sie den Satz ver-
daut hatten, und fuhr dann fort: ‹Sie waren
mit Ihrer Arbeit beschäftigt. Nur aus dem
Augenwinkel sahen Sie ein Zimmermädchen kommen und gehen. Es war dieselbe
Kleidung, aber nicht dieselbe Frau. Deshalb
sahen die Zeugen auch nur ein Zimmermädchen. Das gleiche gilt für den Elektriker. Ich wage zu behaupten, daß ein sehr
hübsches Zimmermädchen vielleicht von
einem Mann auch als Frau gesehen wird.
Das liegt nun einmal in der menschlichen
Natur. Aber hier handelte es sich um eine
ganz gewöhnliche ältere Frau. Also achtet
man nur auf die Kleidung, aber nie auf den
Menschen.›
Mr. Rhodes fragte aufgeregt: ‹Und wer war
sie?›
‹Nun›, antwortete ich, ‹das ist etwas schwierig. Entweder Mrs. Granby oder Miss Carruthers. Die Beschreibung von Mrs. Granby
klingt, als trüge sie eine Perücke, sie hätte
also in ihrer Verkleidung als Zimmermädchen ihr eigenes Haar lassen können. Auf
der anderen Seite hätte Miss Carruthers
bei ihrem kurzgeschnittenen Haar durchaus eine Perücke aufsetzen können. Das

45

wird leicht herauszufinden sein. Ich tippe auf Miss Carruthers.›

Und wirklich, meine Lieben, das ist das Ende der Geschichte: Carruthers war ein falscher Name, sie war die Mörderin. In ihrer Familie hatte es schon Fälle von Geisteskrankheit gegeben. Mrs. Rhodes, eine rücksichtslose Autofahrerin, hatte ihr kleines Mädchen bei einem Unfall getötet, und die arme Frau war darüber wahnsinnig geworden. Doch sie verbarg ihren Wahnsinn sehr geschickt, außer daß sie ihrem späteren Opfer jene häßlichen Drohbriefe schrieb. Sie war Mrs. Rhodes schon eine Weile gefolgt und hatte ihren Plan sorgfältig vorbereitet. Die Perücke und die Verkleidung hatte sie am nächsten Tag mit der Post weggeschickt. Als man sie mit der Wahrheit konfrontierte, brach sie zusammen und gestand alles. Jetzt ist sie in einer Heilanstalt.

Mr. Petherick besuchte mich später und brachte mir einen ganz reizenden Brief von Mr. Rhodes, der mich ganz verlegen machte. Dann sagte mein alter Freund zu mir: ‹Nur eins möchte ich noch wissen. Warum dachten Sie eher an Miss Carruthers als an Mrs. Granby. Sie kannten doch beide nicht.›

‹Nein›, antwortete ich. ‹Sie sagten, daß sie mit näselnder Stimme sprach. Das tun viele Leute in Büchern, doch in Wirklichkeit trifft man kaum solche Menschen. Und dieses Näseln ließ mich an jemand denken, der eine Rolle spielt und zuviel des Guten tut.›

Ich werde euch Mr. Pethericks Antwort darauf ersparen – sie war sehr schmeichelhaft –, ich war ein bißchen stolz auf mich.

Und es ist wirklich schön, wie sich die Dinge manchmal zum Guten wenden. Mr. Rhodes hat wieder geheiratet. Ein so nettes Mädchen, und sie haben ein Baby. Und was soll ich euch sagen? Sie haben mich gebeten, Patin für das Kind zu sein. Ist das nicht nett von ihnen?

Nun, ich hoffe, ihr denkt nicht, daß ich zuviel geredet habe.»

Die Stecknadel

Miss Politt nahm den Türklopfer und pochte wohlerzogen an die Tür des kleinen Hauses. Nach einer diskreten Pause klopfte sie nochmals. Das Paket unter ihrem Arm verrutschte ein wenig, und sie schob es wieder in die richtige Lage. Im Inneren des Päckchens befand sich Mrs. Spenlows neues grünes Winterkleid, fertig zur Anprobe. An Miss Politts linker Hand baumelte ein Beutel aus schwarzer Seide, in dem ein Maßband, ein Nadelkissen und eine große, gut zu handhabende Schere steckten.

Miss Politt war groß und hager, mit einer scharf geschnittenen Nase, aufgeworfenen Lippen und spärlichem eisengrauen Haar. Sie zögerte, ehe sie ein drittes Mal zum Türklopfer griff. Als sie einen Blick die Straße hinuntersandte, sah sie eine rasch näher kommende Gestalt. Miss Hartnell, fünfundfünfzig, stets frohgemut, mit einer Haut wie ein Lederapfel, rief in gewohnt dröhnendem Baß: «Guten Tag, Miss Politt!»

«Guten Tag, Miss Hartnell!» gab die Schneiderin zurück. Ihre Stimme war äußerst dünn, ihre Sprechweise geziert. Sie hatte ihre berufliche Laufbahn als hochherrschaftliche Zofe begonnen. «Entschuldigen Sie», fuhr sie fort, «aber Sie wissen wohl nicht zufällig, ob Mrs. Spenlow vielleicht ausgegangen ist?»

«Keine blasse Ahnung», erwiderte Miss Hartnell.«

«Es ist ein bißchen dumm, wissen Sie. Ich sollte heute nachmittag zur Anprobe zu Mrs. Spenlow kommen, um halb vier, sagte sie.»

Miss Hartnell schaute auf ihre Armbanduhr. «Jetzt ist es kurz nach halb.»

«Ja. Ich habe dreimal geklopft, aber es rührt sich niemand. Deshalb überlege ich mir, ob Mrs. Spenlow vielleicht ausgegangen ist und den Termin vergessen hat. In der Regel vergißt sie allerdings ihre Termine nicht, und sie möchte das Kleid übermorgen anziehen.»

Miss Hartnell trat durch das Gartentor und schritt den Weg hinauf zu Miss Politt, die immer noch vor der Tür des Häuschens stand.

«Wieso macht Gladys nicht auf?» fragte sie. «Ach nein, natürlich, wir haben ja Donnerstag – das ist Gladys' freier Tag. Ich nehme an, Mrs. Spenlow macht ein Nickerchen. Vermutlich haben Sie mit dem Ding hier nicht genug Krach gemacht.»

Sie packte den Türklopfer und trommelte ein ohrenbetäubendes Rat-a-tat-tat, während sie gleichzeitig mit der Faust gegen die Tür hämmerte.

«Hallo, da drinnen!» rief sie mit Stentorstimme.

Nichts rührte sich.

«Ach», murmelte Miss Politt, «wahrscheinlich hat es Mrs. Spenlow doch vergessen und ist ausgegangen. Ich komme ein andermal vorbei.»

Sie machte Anstalten zu gehen.

«Blödsinn», erklärte Miss Hartnell mit Entschiedenheit. «Sie kann nicht ausgegangen sein. Da hätte ich sie getroffen. Ich schaue mal eben hier durch das Fenster. Mal sehen, ob ein Lebenszeichen zu entdecken ist.»

Sie lachte auf ihre gewohnte herzhafte Art, um anzuzeigen, daß dies ein Scherz war, und warf einen flüchtigen Blick durch die Scheibe, die am nächsten war – flüchtig deshalb, weil sie sehr wohl wußte, daß das nach vorn hinaus liegende Zimmer selten benutzt wurde. Mr. und Mrs. Spenlow zogen es vor, sich im kleinen Salon aufzuhalten, der nach hinten hinaus ging.

Doch mochte der Blick auch flüchtig sein, er erfüllte seinen Zweck. Zeichen von Leben allerdings entdeckte Miss Hartnell keine; im Gegenteil, sie erblickte durch das Fenster Mrs. Spenlow, die auf dem Kaminvorleger lag – tot.

«Natürlich», erklärte Miss Hartnell, wenn sie später die Geschichte erzählte, «behielt ich einen kühlen Kopf. Diese Politt, diese Person, hätte ja keine blasse Ahnung gehabt, was sie tun sollte. ‹Auf keinen Fall dürfen wir den Kopf verlieren›, sagte ich zu ihr. ‹Sie bleiben hier, und ich hole Constable Palk.› Sie jammerte, daß sie nicht allein zurückbleiben wollte, aber darauf achtete ich gar nicht. Mit solchen Leuten muß man energisch umgehen. Ich habe immer festgestellt, daß sie es genießen, Getue zu machen. Ich wollte also gerade losmarschieren, als genau in diesem Moment Mr. Spenlow um die Ecke kam.»

Hier legte Miss Hartnell eine vielsagende Pause ein. Sie gab ihrem jeweiligen Zuhörer Gelegenheit, atemlos zu fragen: «Was machte er für ein Gesicht?»

«Offen gesagt», pflegte Miss Hartnell darauf fortzufahren, «*ich* hatte ihn sofort in Verdacht! Er war viel zu gelassen. Er schien nicht im geringsten überrascht. Und Sie können sagen, was Sie wollen, es ist einfach unnatürlich, daß ein Mann, wenn er hört, daß seine Frau tot ist, keinerlei Gefühle zeigt.»

Da stimmten alle zu.

Auch die Polizei. So verdächtig fand sie Mr. Spenlows gleichmütige Gelassenheit, daß sie schleunigst nachforschten, wie sich die finanziellen Verhältnisse des Herrn nach dem Tode seiner Gattin gestalteten. Als sie entdeckten, daß Mrs. Spenlow der betuchte Ehepartner gewesen war und daß ihr Vermögen laut Testament, das kurz nach der Eheschließung gemacht worden war, ihrem Mann zufallen sollte, vertiefte sich der Verdacht der Polizei weiter.

Miss Marple, die alte Jungfer mit dem lieben Gesicht – und der, wie einige Leute behaupten, bösen Zunge –, die in dem Haus neben dem Pfarrhaus wohnte, wurde sehr früh schon vernommen – innerhalb einer halben Stunde nach Entdeckung des Verbrechens. Sie wurde von Constable Palk aufgesucht, der mit amtlicher Miene in einem Notizbuch blätterte.

«Wenn Sie nichts dagegen haben, Madam, ich hätte da ein paar Fragen an Sie.»

«In Zusammenhang mit der Ermordung von Mrs. Spenlow?» fragte Miss Marple.

Palk war verdutzt. «Darf ich fragen, Madam, wie Ihnen das zu Ohren gekommen ist?»

«Der Fisch», antwortete Miss Marple.

Diese Erwiderung war Palk durchaus verständlich. Er vermutete ganz richtig, daß der Lieferbursche des Fischhändlers Miss Marple die Neuigkeit zusammen mit ihrem Abendessen überbracht hatte.

«Sie lag im Wohnzimmer auf dem Boden», fuhr Miss Marple freundlich fort. «Erdrosselt – möglicherweise mit einem sehr schmalen Gürtel. Aber was es auch gewesen ist, es lag nicht mehr am Tatort.»

Palks Miene war zornig. «Wie dieser Fred nur immer gleich alles weiß, was –»

Miss Marple bremste ungeschickt den einsetzenden Redestrom. Sie sagte: «Sie haben eine Nadel in Ihrer Uniformjacke stecken.»

Verblüfft sah Palk an sich hinunter. «Nun», versetzte er, «es heißt ja, ‹Nadel, die am Boden lag, bringt dir Glück den ganzen Tag›.»

«Ich hoffe, das wird sich auch bewahrheiten. Also, was soll ich Ihnen für Auskünfte geben?»

Palk räusperte sich, machte ein wichtigtuerisches Gesicht und steckte die Nase in sein Notizbuch.

«Mr. Arthur Spenlow, der Ehegatte der Toten, machte vor mir folgende Aussage: Mr. Spenlow erklärt, daß er um vierzehn Uhr dreißig von Miss Marple angerufen wurde, die ihn bat, um fünfzehn Uhr fünfzehn zu ihr zu kommen, da sie ihn dringend um einen Rat bitten wollte. Ist das richtig, Madam?»

«Ganz und gar nicht», erwiderte Miss Marple.

«Sie haben Mr. Spenlow nicht um vierzehn Uhr dreißig angerufen?»

«Weder um vierzehn Uhr dreißig noch zu einer anderen Zeit.»

«Aha», sagte Constable Palk und lutschte mit erheblicher Befriedigung an seinem Schnurrbart.

«Was hat Mr. Spenlow sonst noch gesagt?»

«Mr. Spenlow erklärte, er wäre wie gewünscht hierhergekommen. Er hätte sein eigenes Haus um fünfzehn Uhr zehn verlassen. Bei seiner Ankunft hier hätte ihm das Mädchen mitgeteilt, Miss Marple wäre nicht zu Hause.»

«Das stimmt», stellte Miss Marple fest. «Er war tatsächlich hier, aber ich war bei einer Besprechung im Frauenverein.»

«Aha», sagte Palk wieder.

Miss Marple rief: «Sagen Sie, verdächtigen Sie etwa Mr. Spenlow?»

«Das kann ich in diesem Stadium nicht sagen, aber mir scheint, daß da jemand – ich will keine Namen nennen – ganz raffiniert sein wollte.»

«Mr. Spenlow?» meinte Miss Marple nachdenklich.

Sie mochte Mr. Spenlow. Er war ein kleiner, schmächtiger Mann, steif und konventionell in seinem Gebaren, der Inbegriff der Ehrlichkeit. Es schien merkwürdig, daß er aufs Land gezogen war, wo er doch so offensichtlich sein Leben lang in Städten gelebt hatte. Miss Marple hatte er den Grund anvertraut. Er sagte: «Schon als Junge hatte ich die feste Absicht, eines Tages aufs Land zu ziehen und meinen eigenen Garten zu haben. Ich habe Blumen immer geliebt. Meine Frau, wissen Sie, hatte ein Blumengeschäft. Dort bin ich ihr zum erstenmal begegnet.» Eine nüchterne Erklärung, doch sie zauberte eine Vorstellung von Romantik. Eine jüngere, hübschere Mrs. Spenlow vor einem Hintergrund von Blumen.

Die verstorbene Mrs. Spenlow hatte als junges Mädchen zunächst als Zimmermädchen in einem großen Haus gearbeitet. Diesen Posten hatte sie aufgegeben, um den Gärtnergehilfen zu heiraten, und mit ihm zusammen hatte sie in London ein Blumengeschäft aufgemacht. Das Geschäft blühte; nicht so der Gärtner, der binnen kurzem dahinwelkte und starb.
Die Witwe führte das Geschäft weiter und vergrößerte es in anspruchsvollem Rahmen. Es florierte. Dann verkaufte sie den Laden zu einem stattlichen Preis und schiffte sich zum zweitenmal im Hafen der Ehe ein – mit Mr. Spenlow, einem Juwelier mittleren Alters, der ein kleines Geschäft geerbt hatte, das er mühsam über Wasser hielt. Nicht lange danach verkauften sie das Geschäft und zogen nach St. Mary Mead.
Mrs. Spenlow war eine wohlhabende Frau. Die Gewinne aus ihrem Blumengeschäft hatte sie angelegt – ‹beraten von den Stimmen aus dem Jenseits›, wie sie jedem er-

56

klärte, der es wissen wollte. Die Stimmen aus dem Jenseits hatten sie mit unerwartetem geschäftlichen Scharfblick beraten.

Alle ihre Vermögensanlagen erwiesen sich als lukrativ, manche in geradezu atemberaubender Weise. Aber statt daß nun Mrs. Spenlow eisern an ihrem Glauben an den Spiritismus festgehalten hätte, kehrte sie Medien und Geistersitzungen schnöde den Rücken und ergab sich kurz, aber heftig einer obskuren, leicht indisch angehauchten Religion, die ihre Grundlage in diversen Atemübungen hatte. Nach ihrer Ankunft in St. Mary Mead jedoch war sie in den Schoß der Kirche von England zurückgekehrt. Sie war häufig im Pfarrhaus und zeigte sich als eifrige Kirchgängerin. Sie kaufte in den Dorfgeschäften, nahm Anteil an lokalen Ereignissen und gehörte dem örtlichen Bridge-Klub an.

Ein eintöniges, alltägliches Dasein. Und – plötzlich – Mord.

Oberst Melchett, der Polizeichef, hatte Inspektor Slack zu sich zitiert.

Slack war ein Mann von Entschiedenheit. Hatte er sich einmal eine Meinung gebildet, so war er sicher. Und sicher war er jetzt.

«Der Ehemann war's Sir», sagte er.

«Glauben Sie?»

«Ich bin ganz sicher. Man braucht ihn ja nur anzusehen. Eindeutig schuldig. Nicht einmal hat er auch nur eine Spur von Kummer oder Erregung gezeigt. Als er zum Haus zurückkam, wußte er schon, daß sie tot war.»

«Hätte er dann nicht wenigstens versucht, die Rolle des gramgebeugten Ehemanns zu spielen?»

«Der nicht, Sir. Zu selbstgefällig. Manche Männer können nicht schauspielern. Zu steif.»

«Gibt es vielleicht eine andere Frau in seinem Leben?» fragte Oberst Melchett.

«Bis jetzt haben wir keine Spur gefunden. Das heißt, er ist natürlich von der raffinierten Sorte. Der würde seine Spuren schon verwischen. Meiner Meinung nach hatte er einfach genug von seiner Frau. Sie hatte das Geld, und ich kann mir vorstellen, daß das Zusammenleben mit ihr nicht einfach war – dauernd hatte sie's mit einem anderen ‹ismus›. Er beschloß kaltblütig, sie zu beseitigen und ruhig und behaglich allein zu leben.»

«Ja, so könnte es wohl sein.»

«Verlassen Sie sich darauf, so war es. Hat seinen Plan sorgfältig ausgearbeitet. Gab vor, einen Anruf erhalten zu haben –.»

«Es hat sich kein Anruf feststellen lassen?» unterbrach Melchett.

«Nein, Sir. Das bedeutet entweder, daß er lügt, oder daß der Anruf von einer öffentlichen Telefonzelle aus getätigt wurde. Im Dorf gibt es nur zwei Zellen – die eine am Bahnhof, die andere im Postamt. Auf dem Postamt war's eindeutig nicht. Mrs. Blade sieht jeden, der kommt. Am Bahnhof kann's gewesen sein. Da läuft um vierzehn Uhr siebenundzwanzig ein Zug ein, und um die Zeit geht's dann ein bißchen lebhaft zu. Aber der springende Punkt ist, daß er behauptet, Miss Marple hätte ihn angerufen, und das ist nun wirklich nicht wahr. Der Anruf kam nicht aus ihrem Haus, und sie selbst war im Frauenverein.»

«Sie lassen nicht die Möglichkeit außer acht, daß der Ehemann absichtlich weggelockt wurde – von jemandem, der Mrs. Spenlow töten wollte?»

«Sie denken an den jungen Ted Gerard, nicht wahr, Sir? Den hab ich mir schon vorgenommen – aber da stehen wir vor einem

Mangel an Motiv. Der Junge hat nichts zu gewinnen.»

«Aber er ist ein unerquicklicher Bursche. Er hat immerhin schon eine Unterschlagung auf dem Kerbholz, die nicht von schlechten Eltern ist.»

«Ich will ja nicht sagen, daß er's nicht faustdick hinter den Ohren hat. Aber trotzdem – er ist zu seinem Chef gegangen und hat ihm die Unterschlagung gestanden. Und seine Arbeitgeber hatten nichts davon gemerkt.»

«Einer von der *Moralischen Aufrüstung*», bemerkte Melchett.

«Ja, Sir. Wurde bekehrt und beschloß, den Pfad der Tugend einzuschlagen, und beichtete, daß er das Geld gestohlen hatte. Ich will nicht sagen, daß das nicht auch Gerissenheit gewesen sein kann. Kann sein, er hatte Angst, man verdächtige ihn, und entschloß sich deshalb, den reuigen Sünder zu spielen.»

«Sie sind ein skeptischer Mensch, Slack», stellte Colonel Melchett fest. «Haben Sie schon einmal mit Miss Marple gesprochen?»

«Was hat *sie* denn mit der Sache zu tun, Sir?»

«Ach, nichts. Aber ihr kommt immer alles mögliche zu Ohren. Gehen Sie doch mal bei ihr vorbei und plaudern Sie ein wenig mit ihr. Sie ist eine sehr gescheite alte Dame.»

Slack wechselte das Thema. «Eines wollte ich Sie noch fragen, Sir. Wegen dieser Stellung im Haushalt, die die Verstorbene in ihrer Jugend einmal hatte – bei Sir Robert Abercrombie. Da wurde damals dieser Juwelenraub verübt – Smaragde – ein Vermögen wert. Die Täter sind nie erwischt worden. Ich hab den Fall nachgeschlagen – muß zu der Zeit passiert sein, als die Spenlow dort angestellt war. Sie wird da allerdings noch blutjung gewesen sein. Sie halten es wohl nicht für möglich, daß sie in die Sache verwickelt war, wie, Sir? Spenlow war so ein kleiner mickriger Juwelier – genau der richtige Hehler.»

Melchett schüttelte den Kopf. «Ich glaube nicht, daß da etwas dran ist. Sie kannte ja Spenlow damals noch gar nicht. Ich erinnere mich an den Fall. In Polizeikreisen war man der Auffassung, daß einer der Söhne des Hauses die Hände mit im Spiel hatte – Jim Abercrombie, ein schrecklicher junger Verschwender. Er steckte bis zum Hals in

Schulden und kurz nach dem Raub wurden sie alle bezahlt. Irgendeine reiche Frau steckte dahinter, hieß es damals, aber ich weiß nicht… Der alte Abercrombie war ein bißchen sehr zurückhaltend in der Sache – er versuchte, die Polizei zurückzupfeifen.»

«Es war nur ein Gedanke, Sir», sagte Slack.

Miss Marple empfing Inspektor Slack mit Genugtuung, besonders als sie hörte, daß er von Colonel Melchett geschickt worden war.

«Wirklich, wirklich, das ist sehr gütig von Oberst Melchett. Ich weiß gar nicht, daß er sich meiner noch erinnert.»

«Er erinnert sich Ihrer sogar sehr gut. Er sagte, was Sie vom Tun und Treiben in St. Mary Mead nicht wissen, lohnt sich nicht zu wissen.»

«Das ist zu gütig von ihm, aber ich weiß wirklich gar nichts. Über diese Mordgeschichte, meine ich.»

«Sie wissen aber doch, was darüber geredet wird.»

«Oh, natürlich – aber es wäre doch wohl nicht angebracht, nur müßiges Gerede zu wiederholen?»

Bemüht, sich jovial zu geben, sagte Slack:

«Das ist kein amtliches Gespräch, wissen Sie. Es ist sozusagen ein Gespräch unter vier Augen.»

«Sie wollen also wirklich wissen, was die Leute reden? Ob nun etwas Wahres daran ist, oder nicht?»

«So etwa.»

«Nun, es wird natürlich sehr viel geklatscht und gemutmaßt. Und im Grund sind die Meinungen in zwei Lager gespalten, verstehen Sie. Zunächst einmal sind da die Leute, die der Ansicht sind, daß der Ehemann es getan hat. Ein Ehemann oder eine Ehefrau ist ja in gewisser Weise der nächstliegende Verdächtige, meinen Sie nicht auch?»

«Vielleicht», gab der Inspektor vorsichtig zurück.

«Die Nähe, wissen Sie. Und so häufig kommt der finanzielle Gesichtspunkt hinzu. Wie ich höre, hatte Mrs. Spenlow in dieser Ehe das Geld, und somit profitiert Mr. Spenlow tatsächlich von ihrem Tod. In dieser schlechten Welt sind die übelsten Verdächtigungen ja leider häufig berechtigt.»

«Ja, er erbt ein hübsches Sümmchen.»

«Eben. Da schiene es ganz einleuchtend, nicht wahr, daß er sie erdrosselt, sich durch die Hintertür aus dem Haus schleicht, quer über die Wiesen zu mir kommt, nach mir fragt und vorgibt, ich hätte ihn angerufen; daß er dann wieder nach Hause geht, wo seine Frau tot im Wohnzimmer liegt, und hofft, das Verbrechen würde einem Landstreicher oder Einbrecher angelastet werden.»

Der Inspektor nickte. «Wenn man den finanziellen Gesichtspunkt bedenkt – und wenn sie in letzter Zeit Streit gehabt haben sollten –»

«Oh, aber das war nicht der Fall», unterbrach Miss Marple ihn.

«Sie wissen das mit Sicherheit?»

«Das ganze Dorf hätte es gewußt, wenn sie Streit gehabt hätten! Das Dienstmädchen, Gladys Brent – sie hätte es überall herumerzählt.»

«Es könnte ja sein, daß sie nichts davon wußte», widersprach der Inspektor lahm und erntete als Antwort ein mitleidiges Lächeln.

«Und dann», fuhr Miss Marple fort, «haben wir die andere Seite. Ted Gerard. Ein gutaussehender junger Mann. Ich fürchte, man läßt sich von einer angenehmen äußeren Erscheinung stärker beeinflussen, als man sollte. Unser vorletzter Vikar – die Wirkung war direkt magisch! Alle jungen Mädchen kamen plötzlich zur Kirche – zum Abendgottesdienst *und* zur Morgenandacht. Und viele ältere Frauen legten ein ungewöhnliches Interesse an der Gemeindearbeit an den Tag – ach, und die Hausschuhe und Schals, die ihm gehandarbeitet wurden! Es war peinlich für den jungen Mann, Ted Gerard. Natürlich wurde über ihn getuschelt. Er hat sie ja so häufig besucht. Mrs. Spenlow hat mir allerdings selbst erzählt, daß er dieser sogenannten Oxford Group angehört. Eine religiöse Sekte. Diese Leute sind durchaus aufrichtig, glaube ich, und Mrs. Spenlow war sehr beeindruckt von der Sache.»

Miss Marple holte Atem und fuhr fort: «Und ich bin sicher, es gibt keinen Anlaß zu vermuten, daß da mehr dahintersteckte, aber Sie wissen ja, wie die Leute sind. Eine ganze Menge Leute sind überzeugt davon, daß Mrs. Spenlow in den jungen Mann vernarrt war und daß sie ihm viel Geld geliehen hatte. Und es stimmt wirklich, daß er an dem fraglichen Tag am Bahnhof gesehen wurde. Im Zug – dem Zug, der um vierzehn Uhr siebenundzwanzig aus London kommt. Aber es wäre doch ein Kinderspiel für ihn gewesen, auf der anderen Seite aus dem Zug zu springen und drüben über die Gleise zu laufen und über den Zaun zu springen. Er hätte nur an der Hecke entlangzulaufen brauchen und hätte auf diese Weise den Bahnhofseingang meiden können. Kein Mensch hätte ihn dann auf dem Weg zum Häuschen von Mrs. Spenlow gesehen. Und die Leute zerreißen sich natürlich die Mäuler darüber, wie Mrs. Spenlow angezogen war.»

«Wie sie angezogen war?»

«Ja. Sie trug einen Morgenrock. Kein Kleid.» Miss Marple errötete. «Es gibt sicher Leute, wissen Sie, die der Meinung sind, so etwas ließe tief blicken.»

«Finden Sie auch, daß es tief blicken läßt?»

«Aber nein! Ich nicht. Ich bin der Meinung, es war völlig natürlich.»

«Sie finden, es war natürlich?»

«Unter den Umständen, ja.» Miss Marples Blick war kühl und nachdenklich.

«Das liefert uns vielleicht ein weiteres Motiv für den Ehemann», sagte Inspektor Slack. «Eifersucht.»

«Aber nein, Mr. Spenlow hat überhaupt keine Neigung zur Eifersucht. Er ist kein mißtrauischer Mensch. Wenn seine Frau ihn verlassen und auf dem Nadelkissen ein Briefchen hinterlassen hätte, so wäre er vor Überraschung aus allen Wolken gefallen.»

Der gespannte Blick, mit dem sie ihn ansah, verwirrte Inspektor Slack. Er hatte das Gefühl, daß hinter ihrem ganzen Gerede die Absicht steckte, ihm einen Hinweis zu geben, den er nicht verstand.

Jetzt fragte sie mit einigem Nachdruck: «Haben *Sie* denn keine Anhaltspunkte gefunden, Inspektor – am Tatort, meine ich?»

«Heutzutage hinterlassen die Täter keine Fingerabdrücke und Zigarettenstummel mehr, Miss Marple.»

«Aber hier, glaube ich, handelt es sich um ein altmodisches Verbrechen», meinte sie.

«Was wollen Sie damit sagen?» fragte er scharf.

«Wissen Sie», gab Miss Marple bedächtig zurück, «ich glaube, Constable Palk könnte Ihnen weiterhelfen. Er war der erste am Tatort.»

Mr. Spenlow saß in einem Liegestuhl. Sein Gesicht zeigte ratlose Verwirrung. Mit seiner dünnen, pedantischen Stimme sagte er: «Es ist natürlich möglich, daß ich es mir nur eingebildet habe. Mein Gehör ist nicht mehr das, was es einmal war. Aber ich glaube, deutlich gehört zu haben, wie ein kleiner Junge hinter mir herrief: ‹Na, wo steckt Dr. Crippen?› Es – es vermittelte mir den Eindruck, daß er meinte, ich – ich hätte meine Frau getötet.»

Miss Marple erwiderte: «Das war zweifellos der Eindruck, den er vermitteln wollte.»

«Aber wie kann der Junge auf einen so häßlichen Gedanken gekommen sein?»

Miss Marple hüstelte. «Er hat wahrscheinlich das Gerede der Erwachsenen gehört.»

«Sie – Sie meinen wirklich, daß andere Leute das auch glauben?»

«Bestimmt die Hälfte der Einwohner von St. Mary Mead.»

«Aber – meine liebe Miss Marple – was kann die Leute auf einen solchen Gedanken gebracht haben? Ich war meiner Frau aufrichtig zugetan. Zwar konnte sie sich für das Landleben leider nicht in dem Maße erwärmen, wie ich gehofft hatte, aber vollkommene Übereinstimmung in jedem Bereich ist ein Ding der Unmöglichkeit. Glauben Sie mir, ihr Verlust ist mir sehr schmerzhaft.»

«Wahrscheinlich. Aber, verzeihen Sie mir,

wenn ich es offen sage, Sie machen nicht den Eindruck.»

Mr. Spenlow richtete seine schmächtige Gestalt zu ihrer vollen Höhe auf.

«Meine liebe Miss Marple, vor vielen Jahren las ich von einem chinesischen Philosophen, der, als ihm der Tod seine innig geliebte Gattin von der Seite riß, weiterhin mit aller Gelassenheit auf der Straße einen Gong schlug – das ist ein gebräuchlicher chinesischer Zeitvertreib, glaube ich –, ganz wie immer. Die Bewohner der Stadt waren tief beeindruckt von seiner tapferen Haltung.»

«Aber», entgegnete Miss Marple, «die Leute von St. Mary Mead reagieren eben anders. Chinesische Philosophie hat für sie keine Gültigkeit.»

«Aber Sie verstehen mich?»

Miss Marple nickte. «Mein Onkel Henry», erklärte sie, «war ein ungewöhnlich beherrschter Mann. Sein Motto lautete: Zeig niemals Gefühle! Auch er liebte Blumen sehr.»

«Ich habe mir überlegt», bemerkte Mr. Spenlow beinahe mit Eifer, «daß ich mir vielleicht an der Westseite des Hauses eine Pergola bauen könnte. Mit rosa Heckenrosen und Glyzinien vielleicht. Und es gibt da so eine weiße, sternenähnliche Blume, deren Name mir im Augenblick nicht einfällt –»

In dem Ton, den sie ihrem dreijährigen Großneffen gegenüber anschlug, sagte Miss Marple: «Ich habe einen sehr schönen Katalog mit Abbildungen da. Vielleicht haben Sie Lust, ihn sich anzusehen – ich muß jetzt noch ins Dorf hinauf.»

Während Mr. Spenlow selig mit seinem Katalog im Garten zurückblieb, eilte Miss Marple in ihr Zimmer hinauf, packte hastig ein Kleid in braunes Papier und ging aus dem Haus. Geschwinden Schrittes marschierte sie zum Postamt. Miss Politt, die Schneiderin, wohnte direkt über dem Postamt.

Doch Miss Marple trat nicht gleich durch die Tür, um die Treppe hinaufzugehen. Es war gerade halb drei Uhr, und eben, mit einer Minute Verspätung, hielt vor der Tür zum Postamt der Bus nach Much Benham. Es war eines der besonderen Tagesereignisse in St. Mary Mead. Mit Paketen beladen eilte das Fräulein von der Post aus der Tür. Es waren Pakete, die mit ihrem Ladengeschäft zu tun hatten. Im Postamt nämlich konnte man auch Süßigkeiten, billige Bücher und Spielzeug kaufen.

An die vier Minuten stand Miss Marple allein im Postamt.

Erst als das Postfräulein wieder zurückkehrte, ging Miss Marple nach oben und erklärte Miss Politt, daß sie gern ihr altes graues Seidenkleid ändern lassen würde. Es sollte etwas modischer werden, wenn das möglich war. Miss Politt versprach zu sehen, was sich da tun ließe.

Der Polizeichef war sehr erstaunt, als ihm Miss Marple gemeldet wurde. Unter Entschuldigungen trat sie ein.

«Verzeihen Sie – verzeihen Sie vielmals die Störung. Ich weiß, Sie haben viel zu tun. Aber Sie waren immer so entgegenkommend, Oberst Melchett, und ich hielt es einfach für besser, mich direkt an Sie zu wenden und nicht an Inspektor Slack. Schon deshalb, weil ich Palk keinesfalls Ungelegenheiten bereiten möchte. Genaugenommen, hätte er ja wohl überhaupt nichts anrühren dürfen.»

Oberst Melchett war einigermaßen verwirrt.

«Palk?» echote er. «Das ist der Polizeibeamte von St. Mary Mead, nicht wahr? Was hat er denn angestellt?»

«Er hat eine Stecknadel vom Boden aufgehoben. Er steckte sie sich an sein Jackett. Und mir schloß damals der Gedanke durch den Kopf, daß er sie wahrscheinlich in Mrs. Spenlows Haus gefunden hatte.»

«Gewiß, gewiß. Aber, lieber Gott, was ist schon eine Stecknadel? Er hat die Nadel tatsächlich unmittelbar neben der Leiche von Mrs. Spenlow gefunden. Gestern berichtete er Slack davon. Ich vermute, dazu haben Sie ihn veranlaßt, wie? Selbstverständlich hätte er in dem Haus nichts anrühren sollen, aber wie ich schon sagte – was ist eine Stecknadel? Es war eine ganz gewöhnliche Nadel. Solche Dinger hat wahrscheinlich jede Frau in ihrem Nähkasten.»

«Nein, Oberst Melchett, da täuschen Sie sich. Für ein Männerauge sah sie vielleicht aus wie eine gewöhnliche Nadel, aber es war eine ganz besondere Nadel, eine sehr dünne Stecknadel. Man kauft diese Nadeln immer in größeren Mengen. Im allgemeinen werden sie von Schneiderinnen verwendet.»

Melchett starrte sie an, und ein schwacher Schimmer des Begreifens blitzte in seinen Augen auf. Miss Marple nickte mehrmals voller Eifer.

«Ja, ganz recht. Es ist doch so offenkundig. Sie hatte ihren Morgenrock an, weil sie ihr neues Kleid anprobieren wollte. Sie ging ins vordere Zimmer, und Miss Politt sagte, sie müßte Maß nehmen und legte ihr das Maßband um den Hals. Sie brauchte es nur noch über Kreuz zu legen und fest zusammenzuziehen. Das soll ganz leicht sein, habe ich gehört. Und danach ist sie wieder nach draußen gegangen, hat die Tür zugezogen und hat geklopft, als wäre sie gerade erst gekommen. Aber die Stecknadel verrät, daß sie schon vorher im Haus gewesen war.»

«Dann hat also auch Miss Politt Mr. Spenlow angerufen?»

«Ja. Vom Postamt aus. Um halb drei – genau zu der Zeit, wo der Bus kommt und das Postamt leer ist.»

«Aber, meine liebe Miss Marple», sagte Oberst Melchett, «warum denn? Um Himmels willen, warum denn? Für einen Mord braucht man ein Motiv.»

«Ja, sehen Sie, Oberst Melchett, ich glaube nach allem, was ich gehört habe, daß das Verbrechen seinen Ursprung in der Vergangenheit hat. Die Geschichte erinnert mich an meine beiden Vettern Antony und

Gordon. Ganz gleich, was Antony anpackte, es gelang immer. Bei dem armen Gordon war es genau umgekehrt. Rennpferde lahmten plötzlich, die Aktien fielen, Grundstücke sanken im Wert. Meiner Ansicht nach haben die beiden Frauen damals gemeinsame Sache gemacht.»

«Gemeinsame Sache? Wobei?»

«Bei dem Juwelenraub. Es ist schon lange her. Es handelte sich um äußerst wertvolle Smaragde, habe ich mir sagen lassen. Die Zofe und das Hausmädchen. Eine Frage nämlich wurde nie gestellt und nie erklärt – wie kam es, daß das Hausmädchen und der Gärtnergehilfe, als sie heirateten, genug Geld hatten, um ein Blumengeschäft aufzumachen?

Die Antwort lautete: Sie richtete sich den Laden mit ihrem Anteil an der Beute ein. Alles, was sie anfaßte, glückte und gedieh. Geld brachte mehr Geld. Aber die andere, die Zofe, muß eine unglückliche Hand gehabt haben. Sie sank immer tiefer und landete schließlich als Dorfschneiderin in St. Mary Mead. Dann trafen die beiden wieder zusammen. Anfangs war alles in Ordnung, vermute ich. Bis Mr. Ted Gerard auf der Bildfläche auftauchte.

Mrs. Spenlow nämlich litt bereits unter Gewissensbissen und fing an zu frömmeln. Zweifellos drängte dieser junge Mann sie, für ihre Tat ‹einzustehen› und ‹ihr Gewissen zu erleichtern›. Ich bin ziemlich sicher, daß sie innerlich schon soweit war, das zu tun. Aber Miss Politt wollte davon nichts wissen. Sie sah nur eines – daß sie womöglich für einen Diebstahl, den sie vor Jahren verübt hatte, ins Gefängnis wandern würde. Sie entschloß sich deshalb, dem Hin und Her ein Ende zu machen. Ich habe das Gefühl, wissen Sie, sie war immer schon eine ziemlich schlechte Person. Ich glaube, sie hätte mit keiner Wimper gezuckt, wenn dieser nette, dumme Mr. Spenlow aufgehängt worden wäre.»

«Wir können – äh – Ihre Theorie bis zu einem gewissen Punkt nachprüfen», meinte Oberst Melchett nachdenklich. «Wir können feststellen, ob diese Politt mit der Zofe bei den Abercrombies identisch ist, aber –»

«Die Sache wird keine Schwierigkeiten machen», versicherte ihm Miss Marple beruhigend. «So, wie ich Miss Politt kenne, wird sie auf der Stelle klein beigeben, wenn sie mit der Wahrheit konfrontiert wird. Und außerdem habe ich ihr Maßband. Ich – äh

– nahm es gestern mit, als ich zur Anprobe bei ihr war. Wenn sie den Verlust bemerkt und glaubt, die Polizei hätte es an sich genommen – sie ist eine ziemlich dumme Person. Sie wird denken, daß das Maßband ein Beweis gegen sie ist.»

Aufmunternd lächelte sie Oberst Melchett zu. «Sie werden keine Scherereien haben, glauben Sie mir.»

Genau den gleichen Ton hatte seine Lieblingstante damals angeschlagen, als sie ihm versichert hatte, daß er bei der Aufnahmeprüfung für Sandhurst bestimmt nicht durchfallen würde.

Und er war nicht durchgefallen.

Die Hausmeisterin

«Nun», fragte Dr. Haydock seine Patientin.
«Wie geht es uns heute?»
Miss Marple lächelte ihn aus ihren Kissen
schwach an.
«Ich glaube, es geht mir wirklich besser»,
räumte sie ein.
«Aber ich fühle mich so schrecklich depri-
miert. Ich habe das Gefühl, daß es viel bes-
ser gewesen wäre, wenn ich gestorben wäre.
Schließlich bin ich eine alte Frau. Keiner
braucht mich, und keiner will mich.»
Dr. Haydock unterbrach sie mit seiner üb-
lichen Grobheit.
«Ja, ja. Die typische Reaktion nach dieser
Art von Grippe. Was Sie brauchen, ist eine
Ablenkung. Eine geistige Anregung.»
Miss Marple schüttelte seufzend den Kopf.
«Und denken Sie nur», fuhr Dr. Haydock
fort. «Ich habe die Medizin gleich mitge-
bracht!»
Er warf einen länglichen Umschlag auf ihr
Bett.
«Gerade das richtige für Sie. Ein Rätsel, das
ganz in Ihrer Linie liegt.»
«Ein Rätsel?» Miss Marple sah interssiert aus.

«Ein literarischer Versuch von mir», sagte der Arzt leicht errötend. «Ich versuchte eine richtige Geschichte daraus zu machen. Mit ‹er sagte›, ‹sie sagte›, ‹das Mädchen dachte›, und so fort. Die Fakten der Geschichte sind wahr.»

«Aber wieso ein Rätsel?» fragte Miss Marple.

Dr. Haydock grinste. «Weil Sie die Lösung finden sollen. Ich will sehen, ob Sie wirklich so klug sind, wie Sie immer tun.»

Mit diesem Partherpfeil zog er sich zurück. Miss Marple nahm das Manuskript und begann gleich darin zu lesen.

«Und wo ist die Braut?» fragte Miss Harmon lebhaft.

Das ganze Dorf war neugierig auf die reiche und schöne junge Frau, die Harry Laxton aus dem Ausland mitgebracht hatte. Man hatte allgemein viel Nachsicht mit Harry, diesem jungen Taugenichts, der dieses Glück gehabt hatte. Sie hatten immer Nachsicht mit Harry gehabt. Sogar die Besitzer der Fensterscheiben, die der rücksichtslosen Benutzung seines Katapults zum Opfer fielen, hatten entdeckt, daß ihre Empörung sich verflüchtigte, wenn Harry sich reumütig entschuldigte. Er hatte Fenster zerbrochen, Obstgärten geplündert, Kaninchen gewildert, und später hatte er Schulden gemacht, mit der Tochter des Tabakhändlers ein Verhältnis angefangen, das Verhältnis gelöst und sich nach Afrika abgesetzt, und das Dorf, das im wesentlichen aus alten Jungfern bestand, hatte nachsichtig gemurmelt: «Nun ja! Ihn sticht der Hafer! Er wird ruhiger werden.»

Und jetzt war der verlorene Sohn zurückgekehrt, aber nicht in Schande, sondern im Triumph. Harry Laxton hatte sein Glück gemacht, wie es hieß. Er hatte sich zusammengerissen, schwer gearbeitet, und endlich hatte er ein junges französisches Mädchen kennengelernt, das ein beträchtliches Vermögen besaß, und erfolgreich um sie angehalten.

Harry hätte in London leben oder ein Gut in einem hübschen Jagdrevier kaufen können, aber er zog es vor, in den Teil der Welt zurückzukehren, der ihm Heimat bedeutete. Und dort kaufte er in einem Anfall von Romantik einen verfallenen Herrensitz, in dessen Gesindehaus er seine Kindheit verbracht hatte.

Kingsdean House war seit nahezu siebzig Jahren unbewohnt gewesen und allmählich immer mehr verfallen und verkommen. Ein älterer Hausmeister lebte mit seiner Frau in dem einzigen noch bewohnbaren Winkel. Es war ein weitläufiges, reizloses, pompöses Gebäude, und der Garten, überwuchert von üppiger Vegetation und verdüstert von Bäumen, wirkte wie die Höhle eines Zauberers. Das Gesindehaus, ein freundliches, bescheidenes Gebäude, war für eine lange Reihe von Jahren an Major Laxton, Harrys Vater, vermietet gewesen. Als Knabe hatte Harry das Anwesen von *Kingsdean* durchstreift und kannte jeden Winkel im verwilderten Unterholz, und das alte Haus hatte ihn immer bezaubert.

Major Laxton war vor einigen Jahren gestorben, und so hätte Harry eigentlich keinen Grund gehabt zurückzukehren, aber trotzdem brachte er seine Braut in das Heim seiner Kindheit. Das verfallene alte Herrenhaus wurde abgerissen. Ein Heer von Baumeistern und Architekten schwärmte über den Platz, und in einer fast wundersam kurzen Zeitspanne – das kann nur Reichtum bewirken – erhob sich das neue Haus weiß und glänzend zwischen den Bäumen.

Als nächstes kam eine Schar von Gärtnern

und nach ihnen eine Prozession von Möbelwagen.

Das Haus war fertig. Dienstboten trafen ein. Als letztes setzte eine teure Limousine Harry und Mrs. Harry vor dem Eingang ab. Das Dorf war neugierig, und Mrs. Price, die das größte Haus besaß und sich zu den besten Kreisen des Ortes rechnete, verschickte Einladungskarten für eine Party, um die Braut kennenzulernen.

Es war ein großes Ereignis. Mehrere Damen hatten sich für die Gelegenheit neue Kleider gekauft. Alle waren neugierig, aufgeregt, und zitterten vor Verlangen, dieses Fabelwesen zu sehen. Es war wie ein Märchen, sagten sie.

Miss Harmon, eine sonnengegerbte, lebhafte alte Jungfer, drängte sich mit einer Frage durch die Menge in der Wohnzimmertür. Die kleine Miss Brent, eine dürre, säuerliche Frau, gab ihr aufgeregt Antwort. «Ach, meine Liebe, ganz entzückend. So gute Manieren. Und so jung. Es macht einen richtig neidisch, jemand zu sehen, der einfach alles hat. Gutes Aussehen und Geld und Erziehung – äußerst vornehm, gar nichts Gewöhnliches an ihr –, und der liebe Harry hängt so an ihr!»

«Nun», sagte Miss Harmon. «Es ist noch nicht aller Tage Abend.»

Miss Brents Nase zitterte aufgeregt. «Ach, meine Liebe, glauben Sie wirklich...»

«Wir wissen alle, wie Harry ist», sagte Miss Harmon.

«Wir wissen, wie er war! Aber jetzt...»

«Ach», sagte Miss Harmon. «Männer sind immer gleich. Einmal ein Schwindler, immer ein Schwindler. Ich kenne sie.»

«Du lieber Gott. Das arme junge Ding.» Miss Brent sah sehr glücklich aus. «Ja, ich glaube, sie wird Ärger mit ihm haben. Man sollte sie warnen. Ich frage mich, ob sie von den alten Geschichten gehört hat.»

«Ich finde es unfair, daß sie nichts davon weiß», sagte Miss Harmon. «So peinlich. Besonders weil es im Dorf nur diese eine Drogerie gibt.»

Denn die Tochter des Tabakhändlers war jetzt mit dem Drogisten, Mr. Edge, verheiratet.

«Es wäre sicher besser», sagte Miss Brent, «wenn Mrs. Laxton bei Boot in Much Benham einkaufen würde.»

«Ich nehme an», meinte Miss Harmon, «daß Harry Laxton ihr das selbst vorschlagen wird.»

Und wieder tauschten sie einen bedeutungs-
vollen Blick.

«Aber ich finde wirklich», sagte Miss Harmon, «daß sie es wissen sollte.

«Diese gemeinen Biester!» sagte Clarice
Vane empört zu ihrem Onkel, Dr. Haydock. «Manche Leute sind wirklich schrecklich!»

Er sah sie neugierig an.

Sie war ein großes dunkles Mädchen,
hübsch, warmherzig und impulsiv. Ihre großen braunen Augen blitzen vor Empörung,
als sie sagte: «Mit ihren widerlichen Ge-
rüchten und Andeutungen.»

«Über Harry Laxton?»

«Ja, über sein Verhältnis mit der Tochter
des Tabakhändlers.»

«Ach, das!» Der Arzt zuckte die Achseln.
«Die meisten jungen Männer haben so ein
Verhältnis.»

«Natürlich haben sie das. Und es ist vorbei.
Warum also darauf herumreiten? Und es
nach Jahren wieder aufwärmen? Das ist wie
Leichenfledderei.»

«Ja, ich glaube, meine Liebe, daß es auf
dich so wirkt. Aber weißt du, sie haben hier
wenig, worüber sie reden können, und deshalb neigen sie dazu, alte Skandale aufzu-

bauschen. Aber mich würde interessieren, warum das dich so aufregt?»

Clarice Vane biß sich errötend auf die Lippen. Mit merkwürdig gedämpfter Stimme sagte sie: «Sie – sie sehen so glücklich aus. Die Laxtons meine ich. Sie sind jung und verliebt, und die Welt ist schön für sie. Ich hasse den Gedanken, daß das durch Andeutungen und Unterstellungen und Gerüchte und Gemeinheiten zerstört werden könnte.»

«Ja. Ich verstehe.»

Clarice fuhr fort. «Er hat gerade mit mir gesprochen. Er ist so zufrieden und glücklich und – ja, richtig aufgeregt –, daß er seinen Herzenswunsch erfüllt und *Kingsdean* neu aufgebaut hat. Er ist wie ein Kind. Und sie – nun, ich glaube, sie hat nie im Leben auf etwas verzichten müssen. Sie hat immer alles gehabt. Du hast sie gesehen. Was hältst du von ihr?»

Der Arzt antwortete nicht sofort. Andere Leute mochten Louise Laxton vielleicht beneiden. Ein verwöhntes Glückskind. Bei ihm hatte sie nur die Erinnerung an den Refrain eines alten Liedes geweckt, das er vor vielen Jahren gehört hatte, *Armes kleines reiches Mädchen…*

Eine kleine zerbrechliche Gestalt mit flachsfarbenem Haar, das lockig und widerspenstig ihr Gesicht einrahmte, und große, sehnsüchtige blaue Augen.

Louise war ein bißchen erschöpft. Der lange Strom der Gratulanten hatte sie ermüdet. Sie hoffte, daß bald Zeit zum Aufbruch sein würde. Vielleicht war es schon soweit. Sie sah Harry von der Seite an. So groß und breitschultrig – mit einer schlichten Freude an dieser schrecklichen, langweiligen Party.

Armes kleines reiches Mädchen.

«Aaah!» Es war ein Seufzer der Erleichterung.

Harry warf seiner Frau einen belustigten Blick zu. Sie waren auf dem Rückweg von der Party.

«Liebling», sagte sie. «Was für eine schreckliche Party!»

Harry lachte. «Ja, wirklich schrecklich. Aber du weißt, mein Schatz, es mußte sein. Alle diese alten Tanten kennen mich seit meiner Kindheit. Sie wären furchtbar enttäuscht gewesen, wenn sie dich nicht aus nächster Nähe hätten besichtigen können.»

Louise verzog das Gesicht. «Müssen wir sie oft sehen?» fragte sie.

«Wie? Aber nein. Sie kommen und machen ihre offiziellen Besuche mit Visitenkarten, und du erwiderst die Besuche, und dann brauchst du dich nicht mehr um sie zu kümmern. Du kannst dir deine eigenen Freunde suchen oder was immer du willst.» Nach einer kurzen Pause sagte Louise: «Gibt es hier denn niemand, der ein bißchen amüsant ist?»

«Aber ja. Da gibt es den Jagdklub zum Beispiel. Obwohl du die vielleicht auch ein bißchen langweilig finden wirst. Sie interessieren sich fast nur für Hunde und Pferde. Du wirst natürlich reiten. Es wird dir Spaß machen. Drüben in Eglinton gibt es ein Pferd, das du dir ansehen solltest. Ein herrliches Tier, sehr gut abgerichtet, ohne Launen und mit viel Temperament.»

Der Wagen wurde langsamer, um in das Tor von *Kingsdean* einzufahren. Harry riß fluchend das Lenkrad herum und konnte einen Zusammenstoß gerade noch vermeiden, als eine groteske Gestalt mitten auf die Straße sprang. Dort stand sie, schüttelte die Faust und rief ihnen nach.

Louise packte ihn am Arm. «Wer ist das – diese schreckliche alte Frau?»

Harrys Gesicht wurde finster. «Das ist die

alte Murgatroyd. Ihr Mann war Hausmeister in dem alten Haus. Sie haben dort fast dreißig Jahre gelebt.»

«Warum droht sie dir mit der Faust?»

Harrys Gesicht wurde rot. «So – nun, sie war dagegen, daß das Haus abgerissen wurde. Sie wurde natürlich entlassen. Ihr Mann ist seit zwei Jahren tot. Man sagt, daß sie seitdem ein bißchen sonderbar ist.»

«Muß sie – muß sie hungern?»

Louises Vorstellungen waren unklar und etwas melodramatisch. Reichtum verhindert den Kontakt mit der Wirklichkeit.

Harry war empört. «Mein Gott, Louise, was für ein Gedanke! Ich habe ihr natürlich eine Rente ausgesetzt, übrigens eine recht gute! Ich habe ihr ein kleines Haus besorgt und alles.»

«Aber was hat sie dann?» fragte Louise verwirrt.

Harry sah sie stirnrunzelnd an. «Wie soll ich das wissen? Sie ist verrückt. Sie liebte das Haus.»

«Aber es war doch eine Ruine, oder nicht?»

«Natürlich war es das, die Mauern verfallen, das Dach undicht, es war lebensgefährlich. Aber anscheinend hat es ihr etwas bedeutet. Sie hat dort sehr lange gelebt. Ach, ich weiß nicht! Die Alte ist verrückt, glaube ich.»

Louise sagte unsicher: «Ich glaube, sie hat – sie hat uns verflucht. Ach Harry, ich wollte, das hätte sie nicht getan.»

Louise hatte das Gefühl, daß ihr neues Heim durch die boshafte Gestalt dieser verrückten alten Frau vergiftet und verseucht war. Wenn sie mit dem Wagen fortfuhr, wenn sie ausritt, wenn sie mit den Hunden spazierenging, wartete immer die gleiche Gestalt auf sie. Da hockte sie, einen zerbeulten Hut auf den strähnigen eisengrauen Haaren, und murmelte Verwünschungen.

Louise kam zu der Überzeugung, daß Harry recht hatte – die alte Frau war wahnsinnig. Aber das machte die Sache keineswegs leichter. Mrs. Murgatroyd kam niemals wirklich bis zum Haus, sie stieß auch keine direkten Drohungen aus und wurde nicht gewalttätig. Ihre hockende Gestalt blieb immer draußen dicht vor dem Tor. Eine Anzeige bei der Polizei wäre nutzlos gewesen, und außerdem war Harry Laxton gegen ein solches Vorgehen. Er meinte, das würde nur die öffentliche Sympathie für die alte Frau wecken. Er nahm die Sache leichter als Louise.

«Mach dir keine Sorgen, Liebling. Sie wird diese albernen Späße bald leid sein. Vielleicht wollte sie es nur einmal ausprobieren.»

«Das tut sie nicht, Harry. Sie – sie haßt uns, das fühle ich. Sie – sie verflucht uns.»

«Sie ist keine Hexe, wenn sie auch so aussieht. Laß dich nicht verrückt machen.»

Louise schwieg. Jetzt, nachdem die ersten Aufregungen des Umzugs vorüber waren, fühlte sie sich sonderbar einsam und verlassen. Sie war an ein Leben in London und an der Riviera gewöhnt gewesen. Sie wußte nichts vom englischen Landleben und hatte auch keine Neigung dazu. Sie verstand nichts von der Gartenarbeit, außer Blumen schneiden. Sie machte sich nichts aus Hunden. Die Nachbarn, die sie traf, langweilten sie. Am meisten Spaß machte ihr das Reiten, manchmal mit Harry, und wenn er mit dem Gut viel Arbeit hatte, allein. Sie trabte durch die Wälder und Felder und freute sich an dem leichten Gang des schönes Pferdes, das Harry ihr gekauft hatte. Aber selbst Prince Hal, ein lammfrommer kastanienbrauner Hengst, scheute und schnaubte, wenn er seine Herrin an der hingekauerten Gestalt der boshaften alten Frau vorbeitrug.

Eines Tages nahm Louise ihr Herz in beide Hände. Sie ging spazieren. Sie war an Mrs. Murgatroyd vorübergegangen, anscheinend ohne sie zu bemerken, aber plötzlich kehrte sie um und ging direkt auf sie zu. Etwas atemlos fragte sie: «Was gibt es? Was ist los? Was wollen Sie?»

Die alte Frau blinzelte sie an. Sie hatte ein verschlagenes dunkles Zigeunergesicht mit strähnigem, eisengrauem Haar und verschwommenen mißtrauischen Augen. Louise fragte sich, ob sie eine Trinkerin war.

Sie sprach mit jammernder, aber gleichzeitig drohender Stimme. «Was ich will, fragen Sie? Was wohl! Was man mir fortgenommen hat. Wer hat mich denn aus *Kingsdean* vertrieben? Fast vierzig Jahre habe ich dort gewohnt, als Kind und als Frau. Es war sehr böse, mich dort hinauszuwerfen, und es wird Ihnen und ihm nur Unglück bringen.»

Louise sagte: «Sie haben doch ein hübsches kleines Haus und...»

Sie brach ab. Die alte Frau warf die Arme empor und kreischte: «Was nützt mir das?

Ich will meinen eigenen Platz und mein eigenes Feuer, an dem ich all die Jahre gesessen habe. Und ich sage Ihnen, Sie werden kein Glück finden in Ihrem neuen schönen Haus. Das Schwarze Verhängnis wartet auf Sie! Tod und Verderben und mein Fluch. Möge Ihr schönes Gesicht verfaulen.»

Louise drehte sich um und lief taumelnd davon. Sie dachte, ich muß von hier fort! Wir müssen das Haus verkaufen! Wir müssen fort von hier!

Im Augenblick schien das eine leichte Lösung für sie. Aber Harrys völliges Unverständnis machte es unmöglich. Er rief: «Von hier fortgehen? Das Haus verkaufen? Wegen der Drohung einer verrückten alten Frau? Du mußt wahnsinnig sein.»

«Nein, das bin ich nicht. Aber sie – sie ängstigt mich. Ich weiß, daß etwas geschehen wird.»

Harry Laxton sagte grimmig: «Überlaß mir Mrs. Murgatroyd. Ich regele das!»

Zwischen Clarice Vane und der jungen Mrs. Laxton hatte sich eine Freundschaft entwickelt. Sie waren fast gleichaltrig, obwohl sehr unterschiedlich im Charakter und im

Geschmack. In Clarice' Gegenwart fühlte Louise sich sicherer. Clarice war so vertrauenerweckend, so selbstsicher. Louise erwähnte die Sache von Mr. Murgatroyd und ihren Drohungen, aber Clarice betrachtete die Angelegenheit eher als ärgerlich denn als beängstigend.

«Die Geschichte ist idotisch», meinte sie. «Und für dich wirklich lästig.»

«Weißt du, Clarice, manchmal habe ich richtig Angst. Ich kriege schreckliches Herzklopfen.»

«Unsinn. Du darfst dich dadurch nicht verrückt machen lassen. Sie wird es bald leid sein.»

Als sie eine Weile still blieb, fragte Clarice: «Was ist los?»

Louise wartete einen Augenblick, dann stieß sie die Antwort heraus. «Ich hasse diesen Ort! Ich hasse es, hier zu sein. Die Wälder und das Haus, und die schreckliche Stille bei Nacht, und die sonderbaren Geräusche der Eulen. Ach, und die Leute und alles.»

«Die Leute? Was für Leute?»

«Die Leute im Dorf. Die spionierenden, schwatzhaften alten Schachteln.»

«Was haben sie gesagt?» fragte Clarice scharf.

«Ich weiß nicht. Nichts Bestimmtes. Aber sie haben krankhafte Gehirne. Wenn man mit ihnen spricht, hat man das Gefühl, keinem Menschen mehr trauen zu können – nicht einem Menschen...»

«Vergiß sie», sagte Clarice streng. «Sie haben nichts außer ihrem Klatsch. Und den größten Teil des Unsinns, den sie erzählen, erfinden sie selbst.»

Louise sagte: «Ich wollte, ich wäre nie hierhergekommen. Aber Harry bewundert das Land.» Ihre Stimme wurde weich.

Und wie sie ihn bewundert, dachte Clarice.

«Ich muß jetzt gehen», sagte sie hastig.

«Ich lasse dich mit dem Wagen heimfahren. Komm bald wieder.»

Clarice nickte. Louise fühlte sich durch den Besuch ihrer neuen Freundin getröstet. Harry war froh, daß er sie bei besserer Laune vorfand, und von da an drängte er sie, Clarice sehr oft einzuladen.

Eines Tages sagte er: «Ich habe gute Nachrichten, Liebling.»

«Ach, was denn?»

«Die Sache mit der Murgatroyd ist geregelt. Sie hat einen Sohn in Amerika. Nun habe ich sie überredet, ihn zu besuchen. Ich zahle ihr die Überfahrt.»

«Ach, Harry, wie wunderbar. Ich glaube, jetzt könnte ich *Kingsdean* doch noch lieben.»

«Doch noch lieben? Aber es ist der schönste Platz der Welt!»

Louise schauderte. So schnell konnte sie sich von ihrer abergläubischen Furcht nicht befreien. Wenn sich die Damen von St. Mary Mead auf das Vergnügen gefreut hatten, der Braut Informationen über die Vergangenheit ihres Gatten zukommen zu lassen, so wurde ihnen dieses Vergnügen durch Harry Laxtons eigenes rasches Tätigwerden verdorben.

Miss Harmon und Clarice Vane waren gleichzeitig in Mr. Edges Drogerie, die eine um Mottenkugeln zu kaufen und die andere Borax, als Harry Laxton mit seiner Frau hereinkam.

Nach der Begrüßung der beiden Damen drehte Harry sich zum Ladentisch und wollte gerade eine Zahnbürste verlangen, als er mitten im Satz abbrach und mit freudiger Stimme rief: «Ja, wen sehe ich denn da? Das ist doch Bella.»

Mrs. Edge, die aus dem Hinterzimmer gekommen war, um sich der Kunden im Laden anzunehmen, zeigte ihre großen weißen Zähne und strahlte ihn freundlich an. Sie war ein dunkles, hübsches Mädchen gewesen und immer noch eine recht ansehnliche hübsche Frau, obwohl sie zugenommen hatte und ihre Gesichtszüge härter geworden waren. Aber ihre großen braunen Augen waren voll Wärme, als sie erwiderte: «Ja, ich bin Bella, Mr. Harry, und ich freue mich, Sie nach so langer Zeit zu sehen.»

Harry drehte sich zu seiner Frau um. «Bella ist eine alte Flamme von mir, Louise», sagte er. «Ich war über beide Ohren verliebt. War es nicht so, Bella?»

«Genauso war es», sagte Mrs. Edge.

Louise lachte. «Mein Mann ist sehr glücklich, alle seine alten Freunde wiederzusehen», sagte sie.

«Ach», erwiderte Mrs. Edge. «Wir haben Sie nicht vergessen, Mr. Harry. Es ist wie ein Märchen, daß Sie geheiratet und anstelle des alten verfallenen Gebäudes von *Kingsdean* ein neues Haus gebaut haben.»

«Sie sehen glänzend aus», sagte Harry, und Mrs. Edge lachte und sagte, es ginge ihr auch gut, und was nun mit dieser Zahnbürste wäre?

Clarice, die den verwunderten Blick in Miss

Harmons Gesicht sah, dachte frohlockend: Gut gemacht, Harry. Du hast ihnen die Mäuler gestopft.

Dr. Haydock fragte seine Nichte: «Was soll dieser Unsinn über die alte Mr. Murgatroyd, die sich bei *Kingsdean* herumtreiben, die Fäuste schütteln und die neue Herrschaft verfluchen soll?»
«Das ist kein Unsinn. Es ist die Wahrheit. Es hat Louise schrecklich aufgeregt.»
«Sag ihr, sie soll sich keine Sorgen machen. Als die Murgatroyds noch Hausmeister waren, haben sie nie aufgehört, über das Haus zu schimpfen; sie blieben nur, weil Murgatroyd ein Trinker war und keine andere Arbeit bekam.»
«Ich werde es ihr sagen», meinte Clarice zweifelnd. «Aber sie wird es vermutlich nicht glauben. Die alte Frau tobt vor Wut.»
«Aber als Kind hatte sie Harry sehr gern. Ich verstehe das nicht.»
Clarice sagte: «Nun ja, sie werden sie bald los sein. Harry bezahlt ihr die Überfahrt nach Amerika.»
Drei Tage später wurde Louise vom Pferd abgeworfen und starb.
Zwei Männer in einem Bäckerwagen waren

Zeugen des Unfalls. Sie sahen, wie Louise durch das Tor ritt, sahen, wie die alte Frau aufsprang, auf der Straße stand, mit den Armen ruderte und schrie, sie sahen, wie das Pferd losrannte, schwankte und wie verrückt die Straße hinunterraste und wie Louise Laxton kopfüber hinunterstürzte.

Der eine beugte sich über die bewußtlose Gestalt und wußte nicht, was er tun sollte, und der andere rannte ins Haus, um Hilfe zu holen.

Harry Laxton stürzte mit bleichem Gesicht heraus. Sie hängten eine Tür des Lieferwagens aus, legten sie darauf und trugen sie ins Haus. Sie starb, ohne das Bewußtsein wiederzuerlangen, bevor der Arzt eintraf.

(Ende von Dr. Haydocks Manuskript.)

Als Dr. Haydock am nächsten Tag kam, freute er sich festzustellen, daß Miss Marples Wangen leicht gerötet waren und ihr Benehmen entschieden lebhafter war.

«Nun», fragte er. «Wie lautet Ihr Spruch?»

«Wo liegt das Problem, Dr. Haydock?» erwiderte Miss Marple.

«Ach, meine Liebe, muß ich Ihnen das sagen?»

«Ich nehme an», sagte Miss Marple, «daß es

das sonderbare Verhalten der Hausmeisterin ist. Warum benahm sie sich so merkwürdig? Gewiß, die Leute wehren sich dagegen, aus ihren Häusern verdrängt zu werden. Aber es war nicht ihr Haus. Tatsächlich hat sie geschimpft und sich beschwert, solange sie dort wohnte. Ja, das sieht wirklich verdächtig aus. Was wurde übrigens aus ihr?»

«Sie verschwand nach Liverpool. Der Unfall hatte sie erschreckt. Sie wollte lieber dort auf das Schiff warten.»

«Für irgend jemand äußerst bequem», sagte Miss Marple.

«Ja, ich glaube, das Problem des Verhaltens der Hausmeisterin kann sehr leicht erklärt werden. Bestechung, oder nicht?»

«Ist das Ihr Vorschlag?»

«Nun, wenn das nicht ihr natürliches Verhalten war, muß sie eine ‹Rolle› gespielt haben, und das bedeutet, daß jemand sie für dieses Spiel bezahlt hat.»

«Und wissen Sie auch, wer dieser jemand war?»

«Ach, ich glaube schon. Es hat wieder mit Geld zu tun. Und ich habe immer beobachtet, daß Männer stets den gleichen Typ verehren.»

«Jetzt komme ich nicht mehr mit.»

«Nun, es hängt alles zusammen. Harry Laxton verehrte Bella Edge, eine dunkle, lebhafte Frau. Ihre Nichte Clarice ist der gleiche Typ. Aber seine arme kleine Frau war ganz anders – blond und eher langweilig –, überhaupt nicht sein Typ. Deshalb muß er sie wegen ihres Geldes geheiratet haben. Und hat sie auch wegen ihres Geldes ermordet!»

«Sie benutzen das Wort ‹Mord›?»

«Ja, er scheint der richtige Typ zu sein. Er wirkt auf Frauen und ist völlig gewissenlos. Ich glaube, er wollte das Geld seiner Frau und dann Ihre Nichte heiraten. Man hat gesehen, wie er mit Mrs. Edge sprach. Aber ich glaube nicht, daß sie ihn noch interessierte. Obwohl ich behaupten möchte, daß er bei der armen Frau den gegenteiligen Eindruck erweckte, weil er seinem Ziel diente. Vermutlich stand sie unter seinem Einfluß.»

«Und wie glauben Sie, daß er sie ermordet hat?»

Miss Marple starrte für ein paar Minuten mit verträumten blauen Augen vor sich hin. «Die Zeit war gut gewählt, mit dem Bäckerwagen als Zeugen. Sie sahen die alte Frau und natürlich gaben sie ihr die Schuld für das Scheuen des Pferdes. Aber ich könnte mir ein Luftgewehr vorstellen, oder vielleicht ein Katapult – er konnte mit einem Katapult gut umgehen, ja, in dem Augenblick, als das Pferd durch das Tor kam. Das Pferd bäumte sich natürlich auf, und Mrs. Laxton wurde abgeworfen.»

Stirnrunzelnd hielt sie inne.

«Der Sturz kann sie getötet haben. Aber dessen konnte er nicht sicher sein. Und er scheint ein Mann zu sein, der sorgfältig plant und nichts dem Zufall überläßt. Schließlich konnte ihm Mrs. Edge etwas Geeignetes besorgen, ohne daß ihr Mann davon erfuhr. Andererseits, warum sollte Harry sich sonst mit ihr abgeben? Ja, ich glaube, er hatte eine starke Droge zur Hand, die er ihr verabreichte, bevor Sie eintrafen. Denn wenn eine Frau vom Pferd stürzt, ernsthafte Verletzungen hat und stirbt, ohne wieder zu Bewußtsein zu kommen, dann schöpft ein Arzt doch normalerweise keinen Verdacht, oder? Er würde es auf einen Schock oder so etwas zurückführen.»

Dr. Haydock nickte.

«Warum schöpften Sie Verdacht?» fragte Miss Marple.

«Es war keine besondere Klugheit von mir», sagte Dr. Haydock. «Es war nur die banale, allgemein bekannte Tatsache, daß ein Mörder so stolz auf seine Klugheit ist, daß er die nötigen Vorsichtsmaßnahmen vergißt. Ich sprach gerade ein paar tröstende Worte zu dem leidgeprüften Gatten – und der Bursche tat mir wirklich leid –, als er sich auf ein Sofa fallen ließ um mir seine Trauer vorzuspielen. Und dabei fiel ihm eine Injektionsspritze aus der Tasche.

Er hob sie rasch auf und sah so entsetzt aus, daß ich nachdenklich wurde. Harry Laxton war nicht drogensüchtig; er war völlig gesund; was tat er also mit einer Injektionsspritze? Bei der Obduktion behielt ich bestimmte Möglichkeiten im Auge. Ich fand Strophanthin. Der Rest war einfach. Es fand sich Strophanthin in Laxtons Besitz, und Bella Edge brach beim Polizeiverhör zusammen und gestand, es ihm gegeben zu haben. Und endlich gab die alte Mrs. Murgatroyd zu, daß Harry Laxton sie veranlaßt hatte, sich als fluchende Hexe zu gebärden.»

«Und Ihre Nichte hat es überstanden?»

«Ja. Sie war beeindruckt von dem Burschen, aber es ging nicht sehr tief.»

Der Arzt nahm sein Manuskript auf.

«Sie haben ein Lob verdient, Miss Marple; ich allerdings auch – für die ‹Medizin›, die ich Ihnen verschrieb. Sie sehen schon fast gesund aus.»

Die Perle

«Ach, bitte Madam, könnte ich Sie einen Moment sprechen?»

Eigentlich war diese Frage in sich widersinnig, da Edna, Miss Marples junges Dienstmädchen, bereits mit ihrer Herrin sprach.

Miss Marple ging bereitwillig auf Ednas Wunsch ein und sagte: «Natürlich, Edna, komm und schließ die Tür. Was gibt's?»

Gehorsam machte Edna die Tür zu und ging weiter ins Zimmer. Verlegen drehte sie den Zipfel ihrer Schürze zwischen den Fingern. Aufgeregt schluckte sie ein- oder zweimal.

«Na, was ist, Edna?» ermutigte sie Miss Marple.

«Oh, bitte, Ma'am, es geht um meine Kusine, Gladdie.»

«Du meine Güte!» Miss Marple dachte sogleich an die schlimmste – und leider meist zutreffende Möglichkeit. «Sie ist doch nicht…»

Hastig beteuerte Edna: «O nein. Ma'am, nicht was Sie denken. Gladdie gehört nicht zu der Sorte Mädchen. Sie hat sich nur furchtbar aufgeregt. Sie hat ihre Stellung verloren.»

«Ach je, das tut mir leid. Sie hat in *Old Hall* gearbeitet, nicht wahr, bei Miss – den Schwestern – Skinner?»

«Ja, Ma'am, das ist richtig, Ma'am. Und Gladdie hat sich sehr darüber aufgeregt – sie ist ganz verstört.»

«Gladdie hat doch schon öfter die Stellung gewechselt?»

«O ja, Ma'am. Sie hat gern Abwechslung und kann sich nicht dazu entschließen, sich irgendwo niederzulassen, wenn Sie verstehen, was ich meine. Aber sie hat immer von sich aus gekündigt.»

«Und diesmal war es umgekehrt?» fragte Miss Marple ungerührt.

«Ja, Ma'am, und darüber regt sich Gladdie furchtbar auf.»

Das überraschte Miss Marple. Sie hatte Gladdie als stämmiges, beherztes Mädchen in Erinnerung, mit einem ausgeglichenen, unerschütterlichen Naturell. Gladdie war wiederholt auf eine Tasse Tee in die Küche gekommen, wenn sie ihren freien Tag hatte. Edna erzählte weiter. «Wissen Sie, Ma'am, es war so eigenartig – wie Miss Skinner aussah.»

«Wie», erkundigte sich Miss Marple geduldig, «hat denn Miss Skinner ausgesehen?»

Nun gab es kein Halten mehr für Edna, sie erzählte die ganze Geschichte. «Oh, Ma'am, es war so aufregend für Gladdie. Sehen Sie, Miss Emilys Brosche war verschwunden und alles wurde durchsucht, ein heilloses Durcheinander. So etwas ist unangenehm, das hat niemand gern. Und Gladdie hat eifrig mitgesucht. Miss Lavinia wollte die Polizei benachrichtigen, als die Brosche im hintersten Winkel einer Schublade entdeckt wurde. Gladdie war sehr froh darüber.

Und dann hat sie am nächsten Tag einen Teller zerbrochen. Miss Lavinia hat kurzerhand Gladdie gekündigt. Aber Gladdie glaubt, daß es nur ein Vorwand war, daß Miss Lavinia glaubt, sie hätte die Brosche gestohlen, und als sie damit drohte, die Polizei zu benachrichtigen, hätte sie sie schnell zurückgelegt, so daß sie gefunden wurde. Aber Gladdie würde so etwas niemals tun – niemals, und jetzt hat sie Angst, daß es sich herumspricht und sie in Verruf kommt, und das ist schlimm für ein Mädchen, wie Sie wissen, Ma'am.»

Miss Marple nickte. Obwohl sie die vorlaute, sehr von sich eingenommene Gladdie nicht besonders mochte, war sie von ihrer Ehrlichkeit überzeugt und konnte sich vorstellen, daß das Mädchen zutiefst empört darüber war.

Verschämt fragte Edna: «Sie können ihr wohl nicht helfen, Ma'am? Gladdie ist ganz aus dem Häuschen.»

«Sag ihr, sie soll vernünftig bleiben», antwortete Miss Marple forsch. «Wenn sie die Brosche nicht genommen hat – davon bin ich überzeugt –, dann hat sie keinen Grund sich aufzuregen.»

«Es wird sich herumsprechen», gab Edna zu bedenken.

Miss Marple beruhigte sie: «Ich komme heute in die Gegend. Ich werde bei den Damen Skinner einen Besuch abstatten.»

«Oh, vielen Dank, Madam», sagte Edna.

Old Hall war ein großes, viktorianisches Haus, umgeben von einem Park und Wäldern. Da niemand es in seinem ursprünglichen Zustand mieten oder kaufen wollte, kam ein Spekulant auf die Idee, es in vier Wohnungen aufzuteilen, eine Zentralheizung einzubauen und den Grund und Boden zur Benützung durch die Mieter freizugeben. Das Experiment glückte. Eine Wohnung wurde von einer reichen, exzentrischen Dame mit ihrem Dienstmädchen bezogen. Die alte Dame hatte eine Vorliebe für Vögel und fütterte ihre gefiederten Gäste mehrmals täglich. Die zweite Wohnung nahm ein pensionierter indischer Richter mit seiner Frau. Ein sehr junges, frisch verheiratetes Paar lebte in der dritten Wohnung, und die vierte war erst vor zwei Monaten an zwei alleinstehende Damen namens Skinner vermietet worden. Die vier Mietparteien verkehrten nur sehr oberflächlich miteinander, da sie keinerlei gemeinsame Interessen hatten.

Miss Marple kannte alle Mieter oberflächlich, hatte aber keinen näheren Kontakt zu ihnen. Die ältere Miss Skinner, Miss Lavinia, könnte man als die aktive Teilhaberin der Firma bezeichnen. Miss Emily, die jüngere Schwester, verbrachte ihre Tage fast ausschließlich im Bett. Sie hatte verschiedene chronische Leiden – in St. Mary Mead sprach man von eingebildeten Krankheiten. Nur Miss Lavinia glaubte unbeirrt an das unverdiente Martyrium ihrer Schwester und bewunderte die unendliche Geduld, mit der sie diese Heimsuchungen ertrug.

In St. Mary Mead war man davon überzeugt, daß Miss Emily längst nach Dr. Haydock geschickt hätte, wenn nur ein Teil

ihrer Leiden echt gewesen wäre. Einer dies-
bezüglichen Andeutung entgegnete Miss
Emily nur mit einem überheblichen Anhe-
ben der Augenbrauen und einer leise ge-
murmelten Bemerkung, daß sie kein einfacher Fall wäre – die besten Spezialisten
Londons hätten vor einem Rätsel gestanden –, und nun behandelte eine Kapazität
sie nach dem neuesten Stand der Wissen-
schaften.

«Und ich sage euch», meinte Miss Hartnell
unverblümt, «sie tut gut daran, ihn nicht
holen zu lassen. Unser lieber Dr. Haydock
würde ihr auf seine direkte Art sagen, daß
ihr nichts fehlt und sie gefälligst aufstehen
und kein Theater machen soll! Das würde
ihr guttun!»

Da ihr jedoch diese willkürlichen Maßnah-
men versagt blieben, lag Miss Emily weiterhin auf Sofas, umgeben von merkwürdigen
kleinen Pillendöschen und wies alle Speisen
ab, die extra für sie gekocht wurden, nur um
etwas zu verlangen, das meistens schwierig
und umständlich zu beschaffen war.

Eine sehr bedrückte Gladdie öffnete Miss
Marple die Tür. Im Wohnzimmer (der frü-
here Salon war unterteilt worden in ein

Wohn-, ein Eß- und ein Empfangszimmer) wurde sie von Miss Lavinia erwartet.

Lavinia Skinner war eine große, hagere, knochige Frau um die Fünfzig, mit einer rauhen Stimme und schroffem Benehmen. «Es freut mich, Sie zu sehen», sagte sie. «Emily hat sich hingelegt, die Arme fühlt sich heute nicht wohl. Ihr Besuch würde ihr guttun, aber oft ist sie zu schwach, um jemanden zu empfangen. Die Arme, sie erträgt alles so geduldig.»

Miss Marple zeigte höfliches Verständnis. Da Dienstboten immer wieder ein beliebtes Gesprächsthema in St. Mary Mead waren, war es nicht schwierig, ihre Unterhaltung in diese Richtung zu lenken. Miss Marple bemerkte, daß sie gehört hätte, Gladys Holmes, dieses nette Mädchen wolle sie verlassen.

Miss Lavinia nickte. «Am Mittwoch in einer Woche. Sie hat Geschirr zerbrochen, das kann ich nicht dulden, verstehen Sie?»

Miss Marple seufzte und gab zu, daß man heutzutage gewisse Zugeständnisse machen müsse. Auf dem Land war es schwierig, Dienstmädchen zu bekommen. Ob es ein kluger Entschluß war, sich von Gladys zu trennen?

«Ich weiß, wie schwierig es ist, Dienstboten zu finden», gab Miss Lavina zu. «Die Devereux suchen vergeblich – was mich nicht wundert – ewig streiten sie und hören Jazz-Musik die halbe Nacht – es gibt keine geregelte Essenzeit – die junge Frau hat keine Ahnung vom Haushalt, der Ehemann tut mir leid! Das indische Dienstmädchen der Larkins hat auch erst kürzlich gekündigt, kein Wunder bei den indischen Angewohnheiten des Richters. Um sechs Uhr morgens will er schon sein indisches Frühstück haben, sein ‹chota hazri›, wie er es nennt.»

«Könnte Sie das nicht veranlassen, Ihre Entscheidung bezüglich Gladys noch einmal zu überdenken? Sie ist wirklich ein nettes Mädchen. Ich kenne ihre Familie, ehrliche, anständige Leute.»

Miss Lavinia schüttelte den Kopf.

«Ich habe meine Gründe», sagte sie nachdrücklich.

Miss Marple murmelte: «Sie haben eine Brosche vermißt, habe ich gehört…»

«Wie haben Sie denn das erfahren? Von dem Mädchen wahrscheinlich. Ehrlich gesagt, ich bin mir ziemlich sicher, daß sie sie genommen hat. Dann bekam sie es mit der Angst zu tun und hat sie zurückgelegt. Aber ich kann nichts sagen, ich habe keine Beweise.» Sie wechselte das Thema. «Miss Marple, wollen wir zu Emily hineingehen? Es würde sie sicherlich aufmuntern.»

Gehorsam folgte Miss Marple ihr zu einer Tür. Miss Lavinia klopfte und begleitete sie in das schönste Zimmer der Wohnung. Die Vorhänge waren halb zugezogen. Miss Emily lag im Bett und genoß offensichtlich das Dämmerlicht und ihr eigenes grenzenloses Leid.

Im gedämpften Licht war ein schmales, unscheinbares Geschöpf zu erkennen, die grauen Haarsträhnen zu einem unordentlichen Nest aufgetürmt, dessen sich jeder Vogel geschämt hätte. Im Zimmer roch es nach Eau de Cologne, altbackenem Zwieback und Kampfer. Mit halbgeschlossenen Augen und einer dünnen, matten Stimme erklärte Emily Skinner, daß dies einer ihrer ‹schlechten Tage› sei. «Das schlimmste ist, zu wissen, daß man seinen Mitmenschen zur Last fällt. Lavinia ist so gut zu mir. Liebe Lavinia, es widerstrebt mir so, dir Umstände zu machen. Wenn doch nur die Wärmflasche so gefüllt werden könnte, wie ich es gern habe – sie ist zu voll und dadurch zu schwer – ist aber nicht genügend Wasser darin, wird sie sofort kalt!»

«Das tut mir leid, meine Liebe. Gib sie mir.»

«Vielleicht könnte sie bei der Gelegenheit frisch gefüllt werden. Es ist wohl kein Sandgebäck im Haus – nein, nein, es macht nichts. Ich kann darauf verzichten. Etwas dünnen Tee und eine Scheibe Zitrone – keine Zitronen? Nein, wirklich nicht, ich kann Tee ohne Zitrone nicht trinken. Die Milch heute morgen war sauer, das hat mir den Appetit auf Tee mit Milch gründlich verdorben. Aber es macht nichts. Ich kann auf meinen Tee verzichten. Ich fühle mich nur so matt. Man sagt, Austern wären so nahrhaft. Ob mir einige Austern schmecken würden? Aber nein, das wäre zuviel verlangt, wo sollte man sie herbekommen zu dieser Tageszeit. Ich kann bis morgen damit warten.»

Lavinia murmelte etwas vor sich hin, das sich anhörte wie ‹mit dem Rad ins Dorf fahren›.

Miss Emily schenkte ihrem Gast ein schwaches Lächeln und wiederholte, wie verhaßt es ihr sei, andere zu bemühen.

Miss Marple berichtete Edna am selben Abend von ihrer vergeblichen Mission.

Leider hatte sich das Gerücht über Gladys'

vermeintliche Unehrlichkeit bereits wie ein Lauffeuer im Dorf verbreitet.

In der Post sprach Miss Wetherby davon. «Meine liebe Jane, in ihrem Zeugnis steht, daß sie fleißig, umsichtig und anständig war, von Ehrlichkeit wurde nichts erwähnt. Das ist doch eindeutig! Ich habe gehört, es ging um eine Brosche. Es muß etwas Wahres daran sein, für nichts und wieder nichts trennt man sich heutzutage nicht von einem Dienstmädchen. Sie werden schwerlich Ersatz finden. Die Mädchen gehen nicht gern ins *Old Hall.* Wart's ab, die Skinners werden keine andere finden, und dann muß diese widerliche, hypochondrische Schwester vielleicht aufstehen und selbst was tun!»

Eine Welle der Empörung erfaßte das ganze Dorf, als bekannt wurde, daß die Misses Skinner durch die Vermittlung einer Agentur ein neues Dienstmädchen engagiert hatten. Nach allem, was man hörte, sollte es sich dabei um einen Ausbund von Tugend handeln.

«Sie hat ausgezeichnete Zeugnisse und Empfehlungsschreiben, liebt das Landleben und verlangt weniger Lohn als Gladys. Wir haben wirklich Glück gehabt.»

«Ja, tatsächlich», antwortete Miss Marple, als ihr Miss Lavinia diese Einzelheiten beim Fischhändler berichtete.

«Fast zu schön, um wahr zu sein.»

In St. Mary Mead begann man zu hoffen, daß die Tugendhaftigkeit in Person in letzter Minute absagen würde.

Wie dem auch sei – keine der Prophezeiungen traf ein, und das ganze Dorf konnte die Ankunft der Perle namens Mary Higgins beobachten, wie sie sich in Reeds Taxi zum *Old Hall* fahren ließ. Man konnte nicht bestreiten, daß sie einen guten Eindruck machte. Sie war eine respektabel aussehende Frau, sehr geschmackvoll gekleidet. Als Miss Marple das nächste Mal *Old Hall* aufsuchte, um Mitwirkende für das bevorstehende Kirchenfest anzuwerben, öffnete ihr Mary Higgins die Tür. Sie war ohne Zweifel eine repräsentable Hausangestellte, ungefähr vierzig Jahre alt, mit gepflegtem, schwarzem Haar, rosigen Wangen, einer rundlichen Figur, diskret in Schwarz gekleidet mit einer weißen Schürze und Haube – unverwechselbar der gute, altmodische Typ von Hausmädchen, wie Miss Marple sie später beschrieb. Dazu passend eine leise, wohlklingende Stimme, eine angenehme

Abwechslung zu Gladys' lauter, nasaler Tonart.

Miss Lavinia machte einen wesentlich ruhigeren Eindruck, und obwohl sie es bedauerte, nicht aktiv am Kirchenfest mitwirken zu können – aus Rücksicht auf ihre Schwester –, beteiligte sie sich mit einer beachtlichen Summe.

Miss Marple gratulierte ihr zu ihrem guten Aussehen.

«Das habe ich größtenteils Mary zu verdanken. Ich bin so froh, daß ich mich dazu entschlossen habe, das andere Mädchen zu entlassen. Mary ist unschätzbar. Sie kocht gut, serviert perfekt und hält unsere kleine Wohnung peinlich sauber. Und sie kann so gut mit Emily umgehen!»

Miss Marple erkundigte sich hastig nach Emilys Wohlergehen.

«Oh, die Arme. Es ist ihr in letzter Zeit nicht sehr gutgegangen. Sie kann natürlich nichts dafür, aber es ist oft recht schwierig. Sie hat Appetit auf ein bestimmtes Gericht, es wird für sie gekocht und dann mag sie nicht essen, bis sie plötzlich eine halbe Stunde später wieder danach verlangt. Da ist das Essen natürlich nicht mehr genießbar und muß erneut gekocht werden. Das macht sehr viel Arbeit, aber glücklicherweise scheint das Mary nichts auszumachen. Sie sagt, sie ist an den Umgang mit Kranken gewöhnt und versteht ihre Bedürfnisse. Was für eine Hilfe sie ist!»

«Meine Liebe», sagte Miss Marple. «Welch ein Glück für Sie.»

«Ja, tatsächlich. Ich glaube fest daran, daß Mary uns als Antwort auf meine Bittgebete gesandt wurde.»

«Sie scheint mir fast zu perfekt zu sein», warnte Miss Marple. «Ich an Ihrer Stelle wäre etwas vorsichtig.»

Lavinia Skinner mißverstand diese Bemerkung völlig. Sie sagte: «Oh! Ich versichere Ihnen, ich tue alles, um ihr das Leben hier erträglich zu machen. Ich wüßte nicht, was ich anfangen sollte, wenn sie uns verlassen würde.»

«Ich bin davon überzeugt, sie wird gehen, wann sie es für richtig hält», betonte Miss Marple und schaute ihre Gastgeberin bedeutungsvoll an.

Miss Lavinia fuhr fort: «Es erleichtert das Leben sehr, wenn man keine häuslichen Probleme hat, nicht wahr? Wie kommen Sie mit Ihrer kleinen Edna zurecht?»

«Sie ist recht anstellig. Kein Vergleich zu

Ihrer Mary natürlich. Doch weiß ich alles über Edna, weil sie ein Mädchen aus dem Dorf ist.»

Als sie auf den Gang hinaustrat, hörte sie die Kranke ärgerlich schimpfen. «Diese Kompresse ist völlig ausgetrocknet – Doktor Allerton hat ausdrücklich angeordnet, daß sie beständig feucht gehalten werden müssen. Jetzt lassen Sie schon. Ich möchte eine Tasse Tee und ein gekochtes Ei – dreieinhalb Minuten, denken Sie daran, und schicken Sie Miss Lavinia zu mir.»

Die tüchtige Mary trat aus dem Schlafzimmer, sagte zu Lavinia: «Miss Emily verlangt nach Ihnen, Madam», öffnete die Tür für Miss Marple, half ihr in den Mantel und reichte ihr den Schirm.

Miss Marple nahm den Schirm, ließ ihn fallen, wollte ihn aufheben, ließ ihre Handtasche fallen, deren Inhalt sich über den Fußboden verstreute. Höflich sammelte Mary verschiedene Gegenstände auf – ein Taschentuch, einen Terminkalender, eine altmodische Lederbörse, zwei Shillinge, drei Pennies und ein gestreiftes Pfefferminzbonbon.

Miss Marple betrachtete das letztere verwirrt.

«O ja, das stammt sicher von Mrs. Clements kleinem Jungen. Ich kann mich daran erinnern, daß er es gelutscht hat, als er meine Handtasche nahm, um damit zu spielen. Er muß es hineingetan haben. Es ist furchtbar klebrig, nicht wahr?»

«Soll ich es an mich nehmen, Madam?»

«Oh, würden Sie so freundlich sein. Vielen Dank.»

Mary bückte sich, um den letzten Gegenstand, einen kleinen Spiegel, aufzuheben. Miss Marple nahm ihn entgegen und rief freudig aus: «Welch ein Glück, daß er nicht zerbrochen ist.»

Daraufhin verließ sie das Haus und Mary, die höflich mit völlig ausdruckslosem Gesicht in der Tür stand, ein Pfefferminzbonbon in der Hand.

Zehn Tage lang mußte St. Mary Mead sich den Lobgesang auf Miss Lavinias und Miss Emilys Perle anhören. Am elften Tag gab es ein böses Erwachen.

Mary war verschwunden! Ihr Bett war unberührt und die Haustür nur angelehnt. Leise hatte sie sich während der Nacht davongeschlichen.

Und nicht nur Mary wurde vermißt! Zwei Broschen und fünf Ringe von Miss Lavinia und drei Ringe, ein Anhänger, ein Armband und vier Broschen von Miss Emily waren ebenfalls verschwunden! Doch das war erst der Anfang der Katastrophe.

Der jungen Mrs. Dervereux waren ihre Diamanten gestohlen worden, die sie in einer unverschlossenen Schublade aufbewahrt hatte und einige kostbare Pelze, die sie zur Hochzeit geschenkt bekommen hatte. Dem Richter und seiner Frau fehlten ebenfalls Schmuck und Geld. Mrs. Charmichael war am schlimmsten geschädigt worden. Sie hatte in ihrer Wohnung nicht nur kostbaren Schmuck, sondern auch eine größere Summe Geld aufbewahrt, die gestohlen worden waren. Es war Janets freier Abend gewesen, und Mrs. Charmichael hatte die Angewohnheit, in der Dämmerung im Garten spazierenzugehen und ihre gefiederten Freunde zu füttern. Es war offensichtlich, daß Mary, das perfekte Hausmädchen, Schlüssel zu allen Wohnungen hatte!

Es muß zugegeben werden, daß die Schadenfreude groß war in St. Mary Mead. Miss Lavinia hatte so geprahlt mit ihrer fabelhaften Mary.

«Dabei war sie nur eine gewöhnliche Diebin!»

Es folgten weitere überraschende Entdeckungen. Mary hatte nicht nur das Weite gesucht, sondern hatte, wie die Agentur, die sie vermittelt und sich für ihren Leumund verbürgt hatte, gar nicht existiert. Mary Higgins war der Name eines unbescholtenen Dienstmädchens, das bei der Schwester eines Dekans angestellt gewesen war. Die wirkliche Mary Higgins lebte friedlich in einem Ort in Cornwall.

«Verdammt schlau eingefädelt», mußte Inspektor Slack gezwungermaßen zugeben. «Diese Frau gehört zu einer Bande. Es gab einen ähnlichen Fall vor einem Jahr in Northumberland. Das Diebesgut ist nie wieder aufgetaucht, und sie wurde nicht erwischt. Wie auch immer – uns wird sie nicht entkommen!»

Inspektor Slack war ein sehr zuversichtlicher Mann.

Aber die Wochen verstrichen, und Mary Higgins war immer noch auf freiem Fuß. Allen Anstrengungen zum Trotz gelang es Inspektor Slack nicht, sie aufzuspüren.

Miss Lavinia war verbittert. Miss Emily hatte sich so aufgeregt, daß sie aus Angst tatsächlich nach Dr. Haydock schickte.

Das ganze Dorf war begierig zu erfahren,

was er von Miss Emilys vorgegebenen Krankheiten hielt. Da man ihn aber nicht direkt fragen konnte, wurde die Neugierde schließlich durch die Auskunft des Apothekergehilfen gestillt. Dr. Haydock hatte Miss Emily eine Mixtur aus Asafötida und Baldrian verschrieben – ein altbekanntes Heilmittel, das Simulanten in der Armee verabreicht wurde!

Bald darauf erfuhr er, daß Miss Emily, enttäuscht über die unzureichende ärztliche Behandlung, die ihr widerfahren war, es vorzog, in die Nähe eines Spezialisten in London zu übersiedeln. Sie gab vor, dies nur wegen Lavinia beschlossen zu haben. Die Wohnung wurde zur Weitervermietung ausgeschrieben.

Einige Tage danach erschien eine aufgeregte Miss Marple im Polizeirevier von Much Benham und fragte nach Inspektor Slack.

Inspektor Slack mochte Miss Marple nicht. Aber er wußte, daß der Polizeichef, Oberst Melchett, seine Abneigung nicht teilte. Daher empfing er sie widerwillig.

«Guten Tag, Miss Marple, was kann ich für Sie tun?»

«Oh», sagte Miss Marple. «Sie scheinen wenig Zeit zu haben.»

«Ich habe viel zu tun», antwortete Inspektor Slack, «aber ich kann einige Minuten erübrigen.»

«Oje», sagte Miss Marple. «Hoffentlich kann ich mich verständlich machen, es ist oft so schwierig, sich richtig auszudrücken, finden Sie nicht auch? Nein, Sie kennen diese Schwierigkeiten nicht. Aber verstehen Sie, für jemanden, der nicht modern erzogen worden ist – ich war nur Gouvernante, die etwas über die Könige von England erzählen konnte und ein bißchen Allgemeinwissen weitergeben konnte – zum Beispiel über die drei Krankheiten von Weizen – Fäulnis, Mehltau – was war die dritte doch gleich – war es Getreidebrand?»

«Wollen Sie mir etwas über Getreidebrand erzählen?» fragte Inspektor Slack und errötete leicht.

«Oh, nein, nein», wehrte Miss Marple hastig ab. «Damit will ich nur veranschaulichen, wie leicht man abschweifen kann. Man lernt nicht, bei der Sache zu bleiben. Und genau das will ich tun. Es dreht sich um Miss Skinners Dienstmädchen, Gladys, verstehen Sie?»

«Mary Higgins», verbesserte Inspektor Slack.

«Ja, das zweite Mädchen. Aber ich meine Gladys Holmes – eine ziemlich unverschämte und eingebildete Person – aber grundehrlich. Und es ist so wichtig, daß das anerkannt wird.»

«Es liegt keine Anzeige gegen sie vor», sagte der Inspektor.

«Nein, ich weiß, daß keine Anzeige vorliegt – um so schlimmer. Verstehen Sie, die Leute denken weiterhin daran. Oje – ich fürchte, ich drücke mich sehr umständlich aus. Was ich eigentlich sagen will, ist, daß es wichtig ist, Mary Higgins zu finden.»

«Nun», meinte Inspektor Slack, «was würden Sie vorschlagen?»

«Ich habe mir tatsächlich Gedanken darüber gemacht», gab Miss Marple zu. «Darf ich Sie etwas fragen? Würden Ihnen Fingerabdrücke weiterhelfen?»

«Ah», rief Inspektor Slack aus. «Sie ist sehr schlau vorgegangen. Sie hat anscheinend nur mit Handschuhen gearbeitet. Sie hat sorgfältig alle Fingerabdrücke abgewischt – überall. Wir haben im ganzen Haus keinen einzigen Fingerabdruck entdeckt!»

«Wäre es von Nutzen, wenn Sie ihre Fingerabdrücke hätten?»

«Möglicherweise, Madam. Sie könnten bei Scotland Yard registriert sein. Ich vermute, es war nicht ihr erstes Verbrechen!»

Miss Marple nickte lebhaft. Sie öffnete ihre Handtasche und nahm eine kleine Schachtel heraus. Darin lag, sorgfältig in Watte verpackt, ein kleiner Spiegel.

«Aus meiner Handtasche», erklärte Miss Marple. «Die Fingerabdrücke des Hausmädchens sind darauf. Sie dürften deutlich abgezeichnet sein, sie hatte kurz zuvor eine äußerst klebrige Masse berührt.»

Inspektor Slack starrte sie an. «Haben Sie den Spiegel vorsätzlich berühren lassen?»

«Natürlich.»

«Sie haben sie verdächtigt?»

«Ich war nur mißtrauisch, sie schien mir zu perfekt zu sein. Ich habe sogar Miss Lavinia darauf hingewiesen, aber sie wollte mich nicht verstehen. Herr Inspektor, ich muß Ihnen gestehen, daß ich leider nicht an Tugendbolde glauben kann. Wir haben alle unsere Fehler – und im häuslichen Bereich erkennt man sie sehr schnell!»

«Ich muß schon sagen», Inspektor Slack gewann mühsam die Fassung wieder, «ich bin Ihnen sehr zu Dank verpflichtet. Wir werden die Fingerabdrücke dem Yard einsen-